JN166894

宵を待つ月の物語 一

顎木あくみ

富士見L文庫

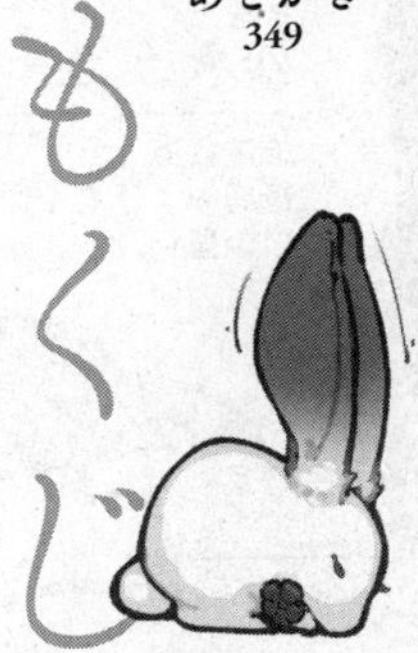
もくじ

紹介

坂木夜花

さかき・よはな

高校二年生。
両親を亡くし祖母と暮らす。

社城千歳

やしろ・ちとせ

不思議な美少年。
社城家の離れに住む。

ゆきうさ

千歳に憑く
怪異のようなもの。
口が悪い。

人物

小澄 晴

こすみ・はれ

夜花のクラスメイト。
物静かで大人しい。

社城瑞李

やしろ・すいり

社城家の次期当主候補。
『金鵄《きんし》』憑き。

坂木 鶴 さかき・つる

夜花の祖母。
両親を亡くした夜花を
引き取る。

松吉 しょうきち

千歳の家の専属使用人。
通称は「松《まつ》」。

社城果涯 やしろ・かがい

社城家の序列者。素行が悪そうな外見の青年。

社城貞左 やしろ・ていざ

社城家の五十三代目当主。ちょい悪オヤジ。

立久保京那 たちくぼ・きょうな

夜花のクラスメイト。社城家の序列十四位。

イラスト / 左

プロローグ　異境と人境のあわいにて

ここは、どこだろう。

坂木夜花《さかきよはな》は呆然《ぼうぜん》としつつ、ぐるりとあたりを見回した。

周囲の景色は、ひどく見慣れない——夢でも見ているのかと疑うほど不可思議だった。

足元は見渡すかぎりの、凪《な》いだ水面《みなも》。

視線を上に移せば空は暗く、藍色に染まっている。

否、空かどうかはわからない。月も太陽も、星も雲もない。けれどほんのり明るく、その空の藍色が水面に映って、まるで空と水とが繋《つな》がっているように目の前は藍一色だった。

夜花が立っているのは、どうやら一面の水の中に浮かぶ小島らしい。

踏みしめたスニーカーの足裏に、しっかりとした感触が伝わってくる。固いけれど、表面は少し柔らかい。草か苔《こけ》の生えた土の地面のように感じる。

（ここ、どこ？　私、どうしてこんなところに？）

服装は制服。よく身体《からだ》に馴染《なじ》んだ黒のセーラー服で、どこにもおかしなところはない。

直前の記憶をたどる。——そうだ、夜花は湖に落ちたのだ。

高校の課外授業で、夜花たち二年生はとある湖を訪れていた。木々に囲まれた小さな湖で、周りには遊歩道が設けられており、自由行動の間、好きに散策することができた。

事故が起きたのは、そのときのこと。

友人たちとしゃべりながら遊歩道を歩いていた夜花は、ほかのクラスメイトとすれ違いざま、不注意でぶつかってしまった。そしてそのまま運悪く大きくバランスを崩し、夜花とぶつかったクラスメイトの女子は二人とも、湖へ。

耳元で響いた、ざぶん、という派手な水音と、水面に身体が叩《たた》きつけられる衝撃。確かに記憶にある。間違いなく、夜花は湖に落ちた。

だというのに、ここはいったいどこなのか。

(小澄《こすみ》さんは……いないか。ということは、やっぱり夢？)

一緒に湖に落ちたクラスメイトの姿をちらりと捜し、存在しないことを確認する。そもそも、夜花のほかに人の気配はない。

つまりは湖に落ちた衝撃で意識が飛び、夢を見ているのだろう。

それにしても、不思議な夢である。こんなふうにはっきりと、地面の感触さえあるのだから。

ふと、背後を振り返る。

少し離れたところに、一本の大樹が、淡く紫色の光を発しながらそびえ立っていた。光る木……さすがに夢の中では、おかしな植物もあるものだ。

吸い寄せられるように、夜花は木に近づく。

（大きい）

その木は正真正銘、本物の大樹だった。夜花が両手を伸ばしても、到底抱えられそうにないくらいに幹が太い。それどころか、夜花が十人で輪になっても一周に届くかどうか。

よくよく見ると、幾本もの太い幹が絡み合うようにして、さらに太い一本の幹を作り出している。

淡い光は、その絡み合った幹たちの隙間から漏れ出ていた。隙間はたくさんあって、紫の光はそのすべてから、ぼう、と仄《ほの》かに放たれている。ゆえに、幹全体が薄《うっす》らと紫色に発光しているように見えるのだ。

その幹の上部は曲がりくねり、真っ青な葉をつけ、ところどころに黒い花のようなものもある。

「――選びなさい」

突然、ひどく平淡な声が聞こえた。

驚いて声のしたほうへ目を向けると、幹の根元、夜花の斜め前にひとりの青年が佇《たたず》んでいる。

（誰もいないと思っていたのに……）

夜花は息を呑《の》んだ。

実際、こうしている今も彼にはまるで存在感がない。実体がないように思えるのだ。儚《はかな》い、幻影のような。ゆめまぼろしのような。

青年は真っ白で裾の長い、着物に似た服をまとう。さながら、神話に出てくる神に似ていた。真っ直《ま》ぐ《す》な髪も白く、肌も青白い。顔立ちはおそろしく整っているけれど、どこか無機質な人形のごとき印象を受ける。

人というより物のようで、いるというよりあるようだった。

そろり、と青年は衣擦《きぬず》れの音だけを立てて、夜花の眼前まで寄ってくる。その手に、金色に光る杯を持って。

「選びなさい。呑むか、呑まぬか」

青年は杯を夜花に差し出し、問うた。

杯には透明な水がなみなみと満ちていた。色も匂いもないのに、なぜかとても美味《おい》しそうだ。

夜花はじっと杯の水を眺めてから、青年の顔を見た。

「呑んだら、どうなりますか」

訊《たず》ねた夜花に、青年はやや意外そうに目を瞬《まばた》かせる。しかしそれは一瞬のことで、すぐまた人形のような無表情に戻り、答えた。

「君は『まれびと』に」

「まれ、びと?」

「その結果、どうにかなるかもしれないし、ならないかもしれない。あとはすべて、君しだい。けれど」

——きっと、今のままではいられない。

夜花はつかの間、逡巡《しゅんじゅん》する。

今のままではいられない。すなわち、今まではなにかが変わるということ。それが良《い》いほうなのか、悪いほうなのかはわからないが。

(でも、本当になにかが変わるとしたら)

それも悪くない。このままではいたくないと、ちょうど思っていたところだ。

できるなら。

出来損ないだと罵られ、己の性分や力不足に嘆く日々を変えたい。

この胸にぽっかりとある空洞をひとりでも埋められるような、ひとりで立って歩ける強さがほしい。

そうしたらきっと、自分の居場所が見つけられるのではないかと、思うから。

「わかりました。じゃあ——」

青年の瞳を見つめ返したときには、すでに心は決まっていた。

一章　「宴会なんて、二度とごめんだわ」

忘れたくても忘れられない日、というものは存在する。

坂木夜花《さかきよはな》にとってのそれは、あの日——高校二年生の七月。

梅雨の真っただ中で、空には灰色の雨雲がかかり、雨は降っていなくとも湿度が高く蒸し暑かった、七月四日。

のちに夜花が深くかかわることになる一族、社城《やしろ》家にとっては、後継者を決める最も重要な儀式『家督継承の儀』が、二十四年ぶりに始まった日である。

◇◆◇

——前日、七月三日。

思えばこの日から、夜花の不運は始まっていた。

その日の最後のチャイムが鳴る。

教室内は心なしか平和ボケしたような、緩慢な空気が漂っていた。あと二週間と少し経《た》てば夏休みに入り、かつ、しばらくテストなどの予定がないためだろう。

そんな生徒たちに、教壇に立つ教師もうんざりしているらしい。「今日はここまでにします。気を抜かずきちんと復習しておくように」とだけ告げ、教科書を閉じるとさっさと教室を出ていった。

「ねえねえ、夜花、夏休みに入ったら一緒にどこか行こうよ」

鞄《かばん》に荷物をまとめ始めていた夜花は、隣の席の友人、知佳《ちか》に声をかけられ、手を止めた。

「知佳ってば、もう夏休みの話？　早くない？」

「えー、いいじゃん。一緒に楽しいところに出かけようよ。海とか！」

「海かぁ……いいね。ただ、バイトのシフトしだいかなぁ」

夜花は今月のシフト表を記憶の底からおぼろげに引っ張りだし、思案する。

「来月のシフト希望は？」

「まだ。だから行くなら早めに予定立てちゃいたいね」

「だね。じゃ、行き先《いきさき》はまたあとで決めるとしてさ、まずは都合よさそうな日を確認しとく？」

知佳の提案に、夜花はうなずいた。

「そうだね、そうしよ」

友人同士の何気ない日常のやりとり。そこへ、水を差すように横合いから、ぷ、と誰かが噴き出すのが聞こえた。

夜花と知佳は同時に声のしたほうを見やる。笑い声の主など確認するまでもなくわかっており、知佳が険のあるまなざしで睨《にら》みながら問うた。

「立久保《たちくぼ》さん、どうかした？」

「いいえ。ただ、勉強に遊びに、アルバイトもしなきゃいけないなんて、遠縁とはいえ社城家の血を受け継いでいるのに坂木さんは大変だと思って」

斜め後ろの席の立久保京那《きょうな》は、夜花と知佳を見下すように余裕たっぷりに答える。髪をハーフアップにした、いかにもお嬢さまらしい美人ではあるけれど、表情に若干、高慢さが見え隠れしている。

「慣れればたいして大変でもないよ。まあ、社城家の序列に入っている立久保さんなら、そういうことに慣れる必要もないかもしれないけど……」

京那の嫌みにはもう慣れっこだ。夜花は適当な言葉を返しつつ、荷物をまとめる手を再び動かし始めた。

「そうね。社城家序列十四位のあたしにはまったくわからない世界だわ」

「……それを自分で言うかね」

やけに芝居がかったしぐさで、つん、とすまし顔をした京那に、隣で知佳が呆《あき》れた様子でぼやく。

とはいえ、京那が由緒正しい家の令嬢であるのは確かである。これ以上の問答は不毛でしかない。夜花と知佳は顔を見合わせて席を立った。

教室を出ると、廊下はすでに帰路につく生徒たちで賑《にぎ》わっていた。

「あのお嬢さまの言うこと、気にすることないよ。夜花は頑張ってる。成績だっていいし」

励ますように声をかけてくれる知佳に、おのずと笑みがこぼれる。

「ありがと。でもたいして気にしてない。……私の夢は、早く自立して立派に稼げるようになることだからね」

「そうだった。さ、お嬢さまは放っておいて私たちは帰ろう」

「うん」

うなずいたところで夜花はふと、背後に視線を感じて振り返った。

まだ教室に残っているひとりの生徒と目が合う。だが、相手は慌てて目を逸《そ》らし、何事もなかったかのように手元の鞄に視線を落とす。

(小澄《こすみ》さんか)

黒に近い焦げ茶色の髪を肩過ぎまで伸ばし、容姿は十人並みで化粧っ気がない。よく言えば落ち着きがある、悪く言えば地味。視線の主はそんな見た目どおり、普段から物静かで大人しく、あまり話すこともないクラスメイト、小澄晴《はれ》だった。

近頃、彼女とよく目が合う。

「どうかした?」

不思議そうに訊ねてきた知佳に、夜花は首を横に振る。

「なんでもない」

先々月末の課外授業で夜花と晴、二人でそろって湖に落ちてしまったのは記憶に新しい。もっと言えば、幼稚園が同じだった縁もある。が、別に仲が良かったわけでもない。

(なにか話があるとか? でも、私のほうに用はないしなあ)

クラスメイトといえど、かかわりの薄い相手に用もなく話しかけるのは少々ハードルが高い。よく目が合うといっても、夜花の勘違いかもしれなかった。

校舎を出て駐輪場に寄り、知佳と校門前で別れると、夜花は自転車にまたがってゆっくりペダルを漕《こ》ぎだした。

時刻は十六時前。

薄い色の長い髪とスカートの裾をなびかせ、自転車を走らせる。

夏至を過ぎてもまだまだ日は長く、夏の陽光が明るい空から容赦なく照りつける。生温《なまぬる》い風が頬に吹きつけてきて、セーラー服の下の肌にじっとり汗が滲《にじ》んだ。

見慣れた住宅街の平らなアスファルトの道を突っ切れば、少し景色が開けて、遠くのほうに山々の稜線《りょうせん》がはっきりと見えた。道の両側は田畑と住宅がまばらにあり、電柱が道に沿って等間隔に立っている。

地方都市の繁華街から外れた、ありふれた田舎の景色だ。

ここは、境ヶ淵《さかいがふち》市。社城家という、由緒正しい名家が絶対の権威を誇る、特殊な土地である。

社城家は――『神祇官《かむつかさ》』の一族だ。

神祇官とは、幽霊や妖怪、神といった『怪異』をときに退治し、ときに保護、管理をし、あるいは祭祀《さいし》などを行って、人と共存できるように働く役目をいう。社城家は古くから、代々それを担ってきた。

俗にいう拝み屋や霊能者などに近い、『術師』の仕事を生業《なりわい》としているのだ。

現代では、怪異や術師といった存在を実際に信じる者は少ない。しかし、社城家の歴史は長く、かの家には長い年月で積み上げられた莫大《ばくだい》な財産と権力がある。ゆえに、このあたり一帯で社城家といえば、絶対の権力者として有名だった。

京那が鼻高々なのは、彼女が社城家に連なる生まれであるところが大きい。

(私も社城家の遠縁ではあるけど、だいぶ血も薄いし)

夜花は自転車を漕ぎながら、苦笑いする。

「そもそも、私は怪異を視《み》ることすらできないしね……」

夜花には怪異を視る力がない。いわゆる霊能力のようなものとは、とんと縁がなかった。

社城家には、次期当主候補の若き術師たちをランク付けする『序列』なる重要な制度があるが、怪異の視えない夜花は序列入りできる要件にかすりもしない。

一方、夜花と違って同学年の京那は序列に入っている。

同じ社城家の血を引く人間であるものの、京那は序列入りできる術師としての才覚を持ち、夜花はただの女子高生。

(立久保さんとは……社城家の術師たちとは、住む世界が違う)

幸い、夜花が直系から遠すぎることもあり、扱いの違いは生まれたときからなので、今さら気にならない。普通に学業に励み、普通に就職し、独り立ちして生きていけばいいだけだ。世の中の大多数の人は、怪異やら術師やらとは無縁の生活をしているのだから。

『選びなさい。呑《の》むか、呑まぬか』

怪異の視えない夜花の不思議な体験は、後にも先にもつい先日の――あの夢だけである。


自転車で三十分ほどかけ、夜花は帰宅した。

夜花は古い木造平屋の一軒家に、祖母と二人で住んでいる。

父は夜花が小学校に入学してすぐの頃に事故で亡くなり、一緒に暮らしていた母も二年前に病気で亡くなった。そんな夜花を引き取ってくれたのが、ひとりでこの家に住んでいる父方の祖母だ。

ちなみに、社城家と縁があるのは彼女の亡くなった夫、夜花の父方の祖父である。

「ただいま」

玄関の引き戸を開け、夜花は家の中に入る。

生活感のある古い家の匂いが、熱をもってむっと鼻をつく。二年住んでいても、なんとなく他人の家に上がりこむような違和感が抜けない。

夜花は荷物を持ったまま居間を通り抜け、奥の仏間へ続く襖《ふすま》を開けた。

「おばあちゃん、ただいま」

仏間の壁際には立派な仏壇が置かれ、焚《た》かれた線香から細く煙がたなびく。

祖母──坂木鶴《つる》は、仏壇から一歩分離れたところに座布団を敷き、小さな背を丸めて、じっと座っていた。

鶴はこちらにゆっくり振り向くと「ああ、帰ったのかい」と掠《かす》れた声で返してくる。

「……うん。じゃあ私、部屋にいるから」

七十歳になる祖母だが、しゃんとして元気があり、目には冷たく鋭い光が宿っている。

長居は無用だと襖を閉めようとした夜花を、鶴は「待ちな」と有無を言わせぬ強い口調で引き留めた。

「夜花」

「……な、なに？」

「あんた、明日は社城家本家のお屋敷《やしき》に行きな」

「は？」

聞き間違いだろうか。夜花は眉をひそめる。その態度がお気に召さなかったらしく、鶴は苛立《いらだ》たしげに再度、口を開いた。

「あんたは明日、朝から社城のお屋敷に行くんだよ。なにをぼんやりしてるんだい」

祖母の言い方はいつもこうだ。母が生きているときから変わらず、常に喧嘩腰《けんかごし》で嫌みたらしい。

夜花はかちんときて、言い返す。

「はあ？　なに言ってるの。明日は木曜日、平日だよ。学校があるの。朝から社城のお屋敷に行くなんて、無理に決まってるでしょ。だいたい、なんで私が社城家なんかに行かなきゃいけないの？」

「明日の夜、社城家では序列に入っている方々の大事な大事な宴会がある。雑用に人手が必要なんだよ。下手なよそ者を屋敷に入れるわけにいかないから、遠縁の女たちが集められるんだ」

「宴会が夜なら、朝から行かなくたっていいじゃない。何度も言うけど、私、学校があるの」

「馬鹿者。朝から準備が必要に決まってるだろ。そんなこともわからないのかい。学校なんぞ、休んだって誰も困りゃしないよ」

呆れかえり、見下すような鶴の口ぶりが、夜花の神経をますます逆撫《さかな》でする。真っ黒で粘ついたものが腹の底に澱《よど》んでいくのがわかった。

「そんな簡単に……」

「なんだい。文句でもあるのかい。学校より社城に尽くすほうが大事だよ。ただでさえ、あんたは出来損ないののろまなんだから」

信じられない、と悪い意味で驚く。現代に、ここまで学校教育を軽んじる人間がまだいようとは。

あまりの祖母の言い草に、ただ絶句するしかない。

「そもそもね、あんたに才能があれば、社城家の序列に入れさえすれば、雑用なんかじゃなく宴会の参加者になれたんだ。でもあんたには才能がない。だから雑用としてでもなんでも屋敷に行って、序列入りしている男と知り合ってきな」

宴会を機に、夜花が序列入りしている男性と知り合って懇意になれば、社城家に出入りし、その恩恵に与《あずか》れる。それが彼女の魂胆なのだろう。

昔からそうだ。鶴は、とにかく社城家にこだわる。

社城家という名家の一員になりたい、そのために社城家と縁のある祖父に嫁入りし、息子である父や、孫の夜花を術師にして序列入りさせたかったらしい。けれども、父も夜花も怪異を身近に感じることができない性質で、彼女にとって期待外れだった。

だからいつも、彼女は夜花を『出来損ない』と罵る。

母が生きていた頃は、母にもねちねちと嫌みっぽく接していた。夜花が出来損ないなのは、母が不甲斐《ふがい》ないせいだと。

怒りが頂点に達し、逆に冷静になってきた夜花は大きく息を吐く。

「普通、高校生に男と知り合えとか言う？　ありえない」

「口ごたえするんじゃないよ。こっちはいつだってあんたをこの家から叩《たた》き出せるんだからね」

「…………」

夜花は奥歯を嚙《か》みしめる。住処《すみか》を盾にするなんて。

母が遺《のこ》した保険金はあれど、未成年の夜花の自由にはならず、アルバイトをしてもひとり暮らしができるまでにはほど遠い。他に頼れる親類もなく、今の夜花が住める場所はこしかないのに。

（……卑怯《ひきょう》だ）

祖母への感謝がまったくないわけではない。

鶴が夜花を引き取ってくれなければ、夜花の生活はどうなっていたかわからないし、もしかしたら高校にだって通えなかったかもしれない。それでも、夜花にだって心も意思もある。

（早く、ここから出ていきたい）

不満を滲ませて、夜花は返事もせずに身を翻す。

「夜花、あんたに拒否する権利はないよ。明日は朝七時には支度をして出かけるんだ。ちゃんと行ったか、本家に電話をして確認するからね。途中で逃げても無駄だよ」

背に投げかけられた鶴の言葉を最後まで聞かないまま、ぴしゃり、と勢いよく仏間の襖を閉める。

泣きたくなんてないのに、目元が熱を帯びる。

『夜花、あなたはずっと元気でいてね。でも、頑張りすぎないで。あなたは賢くていい子だからつい頑張りすぎちゃうんだろうけど、つらいときは誰かに頼っていいんだから』

そう言って、病床の母が頭を撫《な》でてくれたのを思い出す。

母が生きていた頃は幸せだった。二人きりの家族で、たまに衝突もしたけれど、母の愛はいつも感じていたから。

だが、鶴はどうだ。夜花を社城家に取り入るための道具としか思っていない気がする。

重い足取りで、自室として与えられた和室に向かう。

襖の向こうには安い折りたたみ式のローテーブルと布団、古びた箪笥《たんす》、二年経《た》ってもまだ片付けきっていない積みっぱなしの段ボールに、キャリーケースだけがある。

自分の部屋があって、毎日の食事に困らず、学校にも通えて。両親を亡くした夜花がこれ以上を望むのは、我がままなのだろうか。

けれど、ここはあまりに居心地が悪い。

「ああもう！　馬鹿って言うほうが馬鹿なのよ！　おばあちゃんの馬鹿！」

夜花は畳の上に荷物を放り出し、吐き捨てながらローテーブルに突っ伏した。

◇◆◇

翌――七月四日、木曜日。

早朝、夜花は自転車を走らせ、制服姿で社城家の屋敷に向かった。

真《ま》っ直《す》ぐな田舎道に平行に、ずっと先まで続く漆喰《しっくい》の白い塀。どこまでも同じ景色でうんざりしてくる頃それは途切れて、目を瞠《みは》るほどの巨大な門が現れる。

太い四本の木柱の上に黒い瓦の切妻《きりづま》屋根が載せられ、両開きの扉がついた、いかにも古そうな見事な薬医門《やくいもん》である。幅も相当広く、自動車一台が余裕で通過できるほど。

このあたりの人間ならば小さな子どもから老人まで誰もが知っている、社城家本家の屋敷の、その門だ。

「憂鬱だわ……」

自転車から降り、やたらと大きい門を見上げて、夜花は嘆息した。

朝になったら鶴の気も変わるのでは、と淡く期待したものの、やはりだめだった。それどころか一緒に朝食をとっている最中、

『あんた、今夜は帰ってこなくていいからね。社城家の男をものにしてきな』

と、すました顔をする始末。どう考えても祖母が未成年の孫に言うセリフではない。

結局、平日の朝から学校にも行かずに働くはめになった。

バイト代は出るのだろうか。せめて報酬がもらえればまだいいが、もしボランティアだったら救いがなさすぎる。

門前には、ぽつんとひとつだけ人影があった。

夜花は自転車を押し、その人に近づく。

首元の鮮やかな翠《みどり》の留め具のループタイが目を引く、老いた男性だ。彼は夜花を認め、にこにこと人のよさそうな笑みを浮かべた。

「お嬢さん、どうかしたかな？」

「あ、はい。私、坂木夜花といいます。今日の宴会の手伝いに来ました」

鶴が話を通していなかったらどうしよう、と内心で緊張しつつ名乗る夜花に、老爺《ろうや》は笑みを深める。

「坂木さん。聞いていますよ、来てくれてありがとう」

その答えを聞き、夜花はほっと胸を撫でおろした。

「今日はよろしくお願いします」

「こちらこそ、よろしく。さっそくだけれど、自転車は車庫の近くの駐輪場へ。そのあと、正面玄関に回ってもらって、中にいる女性のお手伝いさんの指示を仰いでもらえるかい」

「わかりました。ありがとうございます」

夜花はうなずき、門をくぐる。

中には綺麗《きれい》に石畳が敷かれた道があり、その道の脇は松などが植えられた美しい庭園になっていた。

門をくぐってすぐ左へ逸《そ》れる道がある。目を引く庭を眺めながら歩き、自転車を駐輪場へ置くと、再び正面に続く石畳の道に戻って、ようやく玄関にたどり着くことができた。

（やっとね……車庫から玄関まで遠すぎ）

この屋敷に来るのはこれが三度目だが、広すぎて、敷地《しきち》内を移動するのも毎度ひと苦労だ。

（あれ？）

ふと、かすかに爽やかな柑橘《かんきつ》に似た香りが鼻をかすめる。

なんの香りだろう。蜜柑《みかん》か、オレンジか。柚子《ゆず》や金柑《きんかん》かもしれない。すっきりとして夏らしく、どこか懐かしさを感じさせるいい香りだ。

確か、父方の祖父が亡くなったときと、父が亡くなったときの二度、短時間だがこの屋《や》敷《しき》へ来たときに、同じようにふわりとほのかに香っていたのを思い出す。

「よし」

切り替えよう。不満ばかり抱いていても、なにも生まない。気に食わない祖母の指示でも、働くと決めたからには真面目に臨むべきだ。

夜花は視線を真正面に戻し、ぐっと手に力をこめた。

「まだそんなところを掃除してるの？　早く終わらせて、こっちを手伝ってくれない？」

「はい！」

「今日使うのはその置物じゃないわ。もう一回、探してきて」

「わかりました！」

「お膳がひとつ足りないわ。早く追加を用意して」

「はい、ただいま！」

夜花は勢いよく返事をし、小股で屋敷内を駆け回る。

宴会の準備は多忙を極めた。

なにしろ準備にかかわっているのは、もともと社城家で働いている使用人が十人程度、手伝いは夜花を含めても今いるだけで七人ほど。

しかも、手伝いで派遣されてきている女性たちはそろって二十歳前後、華やかなメイクやネイルまでばっちり整えた者たちばかりで、ちっとも働かない。

あわよくば将来有望な序列者たちに近づくのが目的だと、隠しもしないのである。社会人か学生か知らないが、平日なのに恐れ入る。

結果、真面目に仕事に取り組む夜花に多くの雑用が降りかかった。

広大な木造の屋敷を隅々まで掃除するだけでも手が足りない上、会場や必要な物品に不備がないか、調度はどうかと目が回るほどの忙しさだ。

（着物だと動きにくい……）

運ぶよう頼まれた膳を持って板張りの廊下を歩きながら、夜花はため息を呑《の》みこんだ。

手伝いは全員、浅緋《あさあけ》の無地の着物を着つけてもらい、襷《たすき》をかけ、仲居のような格好をしている。慣れない着物では足さばきもぎこちなくなってしまい、すこぶる能率が悪い。

しかし、今夜の宴会は、社城家次期当主の選定にかかわる重要なものらしい。

なんでも『家督継承の儀』──『継承戦』といって、序列者たちが次期当主の座を巡って争う儀式の始まりに際してのものだとか。

一介の手伝いにまで服装の徹底を求めるのも、宴会の重要性からすれば当然なのかもしれなかった。

膳を台所に運び終わると、間髪を容《い》れずに今度は年嵩《としかさ》の使用人の女性に呼び止められる。

「あなた、坂木さんだったかしら、次は東側の廊下の窓拭きを頼むわ」

「はい。……あれ？　でも、そこはさっき、他の手伝いの方たちの担当と聞いたような……」

「彼女たちに任せておいたら、いつまで経っても終わらないのよ」

「ああ……」

夜花はあきらめ交じりに、思わず遠い目をした。

（私、すっかり貧乏くじ体質だ）

横暴な祖母と暮らしていると、やれ食事を作れ、掃除をしろ、洗濯物を干せと言いつけられ、最後は「こんなんじゃ嫁のもらい手がないよ」と評価を下される。

それに応じていたらこうだ。

働き者だと褒められることもあるが、やはり損だと感じることのほうが多い。便利に使われて、何者にもなれない役どころだから。

（……なにかが変わるって、少しは期待したのにな）

廊下を移動しながら、窓の外からちらりと庭を見遣《みや》る。

庭には澄んだ水を湛《たた》えた池があり、そよ風に吹かれるたびにさざ波を立てて、波紋を広げていた。

湖に落ちて、不思議な夢を見たあの日。あのときの自分の選択にほのかな期待を抱いたけれど、なにも変わらないままだった。

（ダメダメ。夢見がちなのもいい加減にしないと。私は堅実に生きればいいの）

窓から視線を外し、水の入った重たいバケツと雑巾を持って東側の廊下へ向かう。

案の定、そこにはのろのろとした動きの浅緋の着物の女性たちがいた。

窓拭きをしているのだか、していないのだか、雑巾で窓をひと拭きしては懐から手鏡を取り出して前髪を整え、雑巾をひと絞りしては派手な爪を眺めている。

夜花が作業に加わるため声をかけると、彼女たちは興味なさそうに「ふーん」とか「そう」とか返事をした。「じゃあ頑張ってね」と他人事《ひとごと》のようだ。

（怒らない、怒らない）

敵意がないことをアピールするための笑みを顔に貼りつけて、夜花はせっせと窓拭きをする。

すると、女性たちの会話が自然と耳に入ってきた。

「ねえねえ、あなた誰狙いなのよ？」

「んー……私は特にこだわりはないけどね、序列入りしてる男性なら」

「わかるわ。美形揃《ぞろ》いだもん、眼福よね。でも、あたしはやっぱり、序列一位の瑞李《すいり》さまを狙いたいわぁ」

「高望みしすぎ！」

「だって、あの『金鵄《きんし》』の瑞李さまよ？　顔立ちの美しさも群を抜いてるし、『金鵄』憑《つ》きの男性って生涯でたったひとり、つがいに定めた相手しか愛さないんですって。極上の男に愛されて生きるのが理想ってものでしょ」

「やだ、欲張りぃ。私は序列三位の出波《いずは》さまがいいなって思うわ。優しそうだけど、慣れてそうで、ほどよくリードしてくれそう。序列も高くて将来も安泰だし」

「私は手堅く、八位の寺方《てらかた》さまとか、十位の柳河瀬《やながせ》さまあたりを狙おうかなぁ」

「本家筋じゃなくていいの？　欲がないのねぇ」

夜花は重たい息を吐く。

（身も蓋もない……というか、ちゃんと働いてほしい）

さっさとこの場から去りたい一心で、懸命に手を動かした。

途中で昼休憩を挟みつつ、宴会の準備に勤《いそ》しんでいるうちに、いよいよ日が傾いてくる。

この頃になると、日中はあれほど無駄話をして仕事を怠けていた手伝いの女性たちが徐々にやる気を出し、さも最初から働いていたかのように生き生きとし始めた。

特に宴会の参加者を宴会場である大座敷《ざしき》へ案内する役は人気で、夜花が口を挟む暇もないほどあっという間に分担が決まる。

別に案内役をやりたかったわけではないけれど、なんとなく腑《ふ》に落ちない。

（なんだかなぁ）

明らかによそ行きの笑顔で動き回る女性たちを横目に、夜花は使用人たちの指示で宴会の食事や酒、食器類などの準備を手伝う。

日が完全に暮れると、自動車がひっきりなしに正面玄関前に停車しだした。序列者たちが到着したようだ。玄関から次々と上がる声は、台所まで届く。

「序列十位、柳河瀬快志朗《かいしろう》さま、ご到着！」

「序列九位、鈴掛冴等《すずかけさえら》さま、ご到着なさいました！」

「序列八位――」

案内役を逃した夜花は、その声を遠くに聞きながら、ひたすら膳の上に箸と箸置き、小皿、グラスを並べていく。

宴会に参加できる序列者は十位まで。序列者以外では当主と、幹部会から八名。序列者の中で三人は不参加なので、膳は全部で十六ある。

前菜が出来上がってくると、夜花はそれぞれ膳の中央に置いた。

（綺麗なお料理）

細長い皿に色彩豊かな料理が少しずつ、華やかに盛りつけられている。野菜の飾り切りやカラフルな花麩《はなふ》など、見ているだけでワクワクしてくる。

どんな味がするのか想像もつかないけれど、きっと会場に並んだらもっと雰囲気が出て美しいだろう。

「皆さま、お揃《そろ》いになりました！　配膳を始めて！」

ちょうど夜花がすべての膳に必要なものを揃え終わったとき、指示役の年嵩の使用人から台所へ、声がかかる。

「はい！」

夜花は慌てて膳を持つ。続けて、使用人やお手伝いの面々も次々に膳をとっていっせいに会場へ進み始めた。

そうして――廊下を、歩いていたときだった。

「ちょっと、貸しなさいよ。あたしが運ぶから！」

声がしたかと思うと、横合いから夜花の持っていた膳が乱暴に引ったくられる。

「あっ」

無理やり膳を奪ったのは、膳を運ぶ役からあぶれた手伝いのひとりだった。

夜花は咄嗟《とっさ》に、「ちょっと」と抗議の声を上げかけ、しかし、目尻を吊《つ》り上げた女性に肩で強く押しのけられた。

「え、わっ」

予想外の強い力で押され、夜花はそのままバランスを崩す。

しまった、と思ってももう遅い。着物で足の踏ん張りがきかず、開け放たれた縁側から庭のほうへ、身体《からだ》は勢いよく転がり落ちていく。

さらに運悪く、その先には池があった。あっという間の出来事だった。

（あ……デジャヴだ）

夜花はまったく抵抗できないまま池に背面から落ち、尻もちをついた。

ずしゃん！　と大きな水音が庭に響き、廊下が一気に静かになる。

学校の課外授業の折に湖に落ちたのは先々月の終わりのことだ。ひと月と少ししか経《た》たないうちにまた水の中に落ちるとは、誰も思うまい。

湖に落ちたときと違うのは、池は膝くらいまでの深さしかないことだった。夜花は背中から下をぐっしょりと濡《ぬ》らし、呆然《ぼうぜん》として池の中に座り込んだ。

夜花を押しのけた女性はさすがにやりすぎたと思ったのか、気まずそうに顔をしかめつつ、「あたしが悪いわけ?」とつぶやく。

他の皆も啞然《あぜん》とした面持ちで、あるいは困惑して立ち尽くしていた。

着物にどんどん水がしみ込んで下半身が冷えていくのを感じる。けれど、このまったく想像していなかった事態に夜花自身、どうしていいかわからない。

その、皆の動きが止まった数瞬。

今度こそ――ありえないことが起きた。

「きゃ、きゃあああっ!」

頭上から少女の、甲高い悲鳴がした。次いで再度、ばしゃん、という水の音。すでに濡れていた夜花の背と後頭部に水飛沫《みずしぶき》がかかる。

「え……? え?」

思考が追いつかない。混乱で身体も頭も硬直してしまう。

どうやら夜花のすぐ真後ろ、同じ池の中に誰かが落ちてきたのだと、そのことを呑みこむのにしばらくかかった。

(だって、どこから？　この池に落ちるような高い場所は、近くにない。私の後ろになんて誰も落ちるはずが)

背筋が冷えたのは濡れたせいか、得体の知れない恐怖のせいか。おそるおそる、振り返る。

建物から漏れ出る明かりに照らされた夜の庭。水滴が光を反射して、きらきらと金の粒のごとくほのかに輝き、瞬《またた》いているように見える。

よく……とてもよく見知った、セーラー服と。それをまとい、座り込むびしょ濡れの少女の顔もまた、夜花はよく知っていた。

「……小澄、さん？」

このときの夜花は、化け物でも見たかのような表情をしていたに違いない。

ありえない場所にありえない人がいる。驚きと恐怖と、混乱と。あらゆる感情が頭の中でかき混ざり、他の反応をしようがなかった。

一方、少女――晴《はれ》も、名を呼ばれたことで目の前にいる夜花を認識したらしい。眼球を落としそうなほど瞠目《どうもく》し、「え、坂木さん？」と小さく首を傾《かし》げる。

「あなた、どうして」

夜花が疑問を口にしようとするのと、廊下が騒然とするのとはほぼ同時だった。

「何事だ！」

男性の低い声とともに、どたどたと、複数の足音が近づく。

使用人たちの間から「当主さま」とか「果涯《かがい》さま」とかいう名前が挙がる。見れば、廊下にはおそらく宴会の参加者である当主以下、幹部、序列者たち、男女さまざまな人々が血相を変えて駆けつけていた。

「今、確かに屋敷《やしき》の結界が揺らいだ！　侵入者がいるのか？」

ひとりの青年の怒鳴るような問いに、膳を持ったままの使用人や手伝いの女性たちは揃って、視線を夜花たちのほうへ向ける。

大勢の目が、夜花のいる池に集中した。

(なに？　いったい、なにが起こってるの？)

とてつもなく奇妙な光景であるのは疑うべくもない。

池に座り込む女が二人に、それを廊下から凝視する、総勢三十人近い人々。誰も彼もがこの意味不明な状況を呑《の》みこむのに必死なのだろう、時間の流れがひどく遅く感じた。

けれど、時間が止まったかのように思えた静寂の中、ただひとりだけ、動き出した者がいた。

廊下に殺到していた人混みがすっと、自然に開ける。

そこから現れたのは、美青年、などという言葉では表現しきれないほどの容姿端麗な青年だった。

年齢は二十歳すぎくらい。人並み外れた美貌だ。

日本人らしからぬ自然な白金色の髪は肩にぎりぎりかからないくらいの長さ、瞳は澄んでいて、不純物のない高価な宝石に似ている。目鼻立ちの端整さといったら、ガラス細工のように繊細である。

ゆうに百八十センチは超えていそうな長身で、シンプルなシャツとチノパンという飾らない服装も、身につけている青年の美貌とスタイルの良さで逆に様になっている。

なにより目を引くのは、彼の肩に乗った、大きな猛禽《もうきん》類の鳥。

金色に光る羽毛に覆われ、まぶしいほどのその姿は神々しく、単なる鳥ではないことを瞬時に周囲に悟らせる。

誰かの「瑞李さま」という吐息交じりのつぶやきが聞こえた。

（もしかして、あの鳥が噂《うわさ》に聞く神鳥『金鵄』？　……ちょっと待って、どうして、私に視《み》えるの？）

夜花はさらなる混乱とともに息を吞む。

しかし、あの巨鳥が金鶏ならば、彼こそが序列一位に君臨する——社城瑞李。

瑞李はほとんど足音を立てないまま、しなやかな無駄のない動きで廊下から庭に降りた。視線は真《ま》っ直《す》ぐこちらに向けられ、瞬きのひとつもない。靴を履かず庭に降りたせいで足裏が汚れることもいとわず、彼はこちらに近づいてくる。

(ま、待って、待って。どうしよう。怒られるのかな。いや、それより現状をどう説明すれば)

いろんな意味で緊張しながら、しかし目を逸《そ》らせない夜花の目前に、瑞李が迫った。

「僕の、つがい」

形のいい唇がかすかに動く。彼は一寸《いっすん》の躊躇《ちゅうちょ》もなく、ざぶざぶと、池の中に歩を進めた。

「間違いない。君が、僕の、唯一の伴侶だ」

その言葉とともに、瑞李は夜花の前に立ち止まる。

……かと思いきや、立ち止まらなかった。彼は夜花の横を素通りし、後ろの晴の前に跪《ひざまず》く。

「君の、名前は?」

膝をついた瑞李が晴に恭しく手を差し伸べた。

一方、手を差し伸べられた当の晴はといえば、困惑した面持ちで眉尻を下げ、目をさまよわせている。

「えっと、その……あの、わたし、小澄晴、です」

「晴。今日から君は、僕の唯一の人だ。ここは冷える。さあ、中に入ろう」

なにを言っているのだろう、この美貌の青年は。

呆然とする夜花を置き去りにして、そこからの出来事はあっという間に過ぎ去った。

ずぶ濡れの晴を軽々と抱え上げた瑞李は、池から出ると同時に「彼女が僕の伴侶になる人だ」とよく通る声で宣言した。

すると、その場の全員が驚きとともに一瞬にして彼を取り巻き、「彼女はまれびとではないか」「確かにまれびとだ」「まれびとが序列一位の伴侶になった」と口々に言いながら、慌ただしく動き出す。

もう誰も、池に注目している者はいない。

「なんだったの、今の」

あれだけ人が密集していたのに、今はさながら嵐が通り過ぎたあとのごとく。ただ池に落ちた夜花だけがぽつんと取り残されている。

伴侶だとか、まれびとだとか。

とても理解が及ばないが、先ほどまでのあれがたいそうな事件だったらしいのはわかった。そして、晴はなにかに選ばれ、夜花は選ばれなかったことも。

狐《きつね》につままれた気分とは、このことだ。

どこかから、梟《ふくろう》や蛙《かえる》の鳴き声が絶え間なく聞こえてくる。人の気配は遠く、庭は薄暗くて静かだった。

夜花はようやく心を落ち着かせ、ゆっくりと立ち上がる。

着物が水を吸って冷たく、重たい。だんだん、泣きたい気持ちになってくる。

(別に、小澄さんみたいにお姫さま抱っこしてほしいとは思ってないけど！　でも、誰かひとりくらい私の心配をしてくれてもよくない？)

夜花だけ、いきなり仲間外れにされたようだ。

自分なりに一日頑張って働いたし、宴会の準備に貢献したつもりである。使用人の女性たちの中にだって、言葉を交わした者も何人もいる。だというのに、池に落ちた夜花を気にかけてくれた人はひとりもいない。あんまりではないか。

腹の底から深く息を吐く。

この濡れた身体では、屋敷に入るのも躊躇《ためら》われる。かといってこのまま黙って帰るわけにもいかない。着替えや貴重品も控え室に置きっぱなしだ。

考えるだけで頭が痛い。髪から滴る雫《しずく》を見るだけで、なにもかもが嫌になる。

けれど、うつむく夜花にふと、綺麗《きれい》な白いタオルが差し出された。

「え?」

顔を上げると、いつの間にかすぐ近くに少年が立っている。彼は微妙な笑みを浮かべ、
夜花に向かってタオルを差し出していた。

「使いなよ、これ」

「……いいの?」

「もちろん。そのために持ってきたから」

「あ、ありがとう」

夜花は遠慮がちにタオルを受け取り、少年を見る。

(誰だろう)

奇妙な格好の少年だ。

背丈と声からして、歳《とし》は中学一年生かそこら。着ている服は、バンカラ風というのだろうか。黒の学ランの上下に頭には学帽、肩に上半身を覆うくらいの丈の黒いマントを羽織り、高下駄《たかげた》を履いている。

顔立ちも、年相応の幼さはあれど、先ほどの瑞李に負けず劣らず美しい。目はすっきりと切れ長の二重、すっと鼻筋が通っていて唇は薄い。

両耳に赤い鳥居のモチーフの耳飾りをつけ、胸の下くらいまでの長い黒髪を緩く一本の三つ編みにして肩から前へ垂らしているのが、なんとも妖しげである。

（不思議な雰囲気の子……）

明らかに夜花より年下の外見であるのに、濡《ぬ》れた夜花をからかうわけでもなく、見知らぬ年上の女に話しかけるのに気後れするでもない。

泰然としたその佇《たたず》まいは、ひどく大人びている。

「悪かったな。……家の者が、失礼をした」

「え、あ、ううん。そんな、あなたが謝ることじゃないよ。池に落ちたのも、事故みたいなものだし」

夜花は勢いよくかぶりを振る。

笑みを引っ込め、謝罪を口にする少年の姿はいたたまれない。大人にされた無礼を関係のない年下の子に謝らせては、夜花のほうが申し訳なく思えてしまう。

「いや、でも、腹は立ったんじゃ？」

「まあ……ちょっとはね。けど、あなたがタオルを貸してくれたからもういいかな」

ははは、と夜花は笑ってみせる。

正直ちょっとどころではなく怒ってはいた。とはいえ、もちろん少年に対してではないし、祖母と相対しているときと比べたら、たいしたことではない。

「とにかく、ありがとう。このままじゃ気持ち悪いし、今日はもう着替えて帰るよ」

さすがにこんなありさまの夜花を、使用人たちも引き留めはしないはずだ。

と、そのまま立ち去ろうとした夜花に、少年は「なにを言ってるんだ」と言いたげな顔をした。

「いや、そんな格好じゃいくら夏だからって風邪ひくし、着替えるにしたって汚れとか匂いとか気になるだろ」

「……確かに」

ひとまず水滴などは拭えたが、水は着物の内側まで染みていて肌をも濡らしている。池の水もそこまで汚くはないけれど、綺麗でもない。はっきりいって、生臭い。

このまま着替えて帰るのは少年の言うとおり、難しそうだ。

「シャ、シャワーとか……頼んだら、借りられるのかな」

「なら、うちの風呂場を貸すよ。——ゆきうさ、出てこい」

少年がにわかに宙に向かって呼びかけた。すると、ぽふん、と音がして、彼の手の上に小さな生き物が現れる。

「わっ」

最初は白いネズミかと思ったが、違う。

（……雪うさぎ？）

それは、丸めた雪に南天の葉と実をつけて作る、いわゆる雪うさぎによく似ていた。が、雪でできているわけではなく、白いふわふわの毛並みと、くりくりとした赤い瞳を持ち、緑色の……耳のような角のようなもののついた小動物だった。

愛くるしい見た目だが、どう見ても普通の動物ではない。ということは、おそらく怪異の類《たぐ》い。

まただ。また、怪異が視える。自分には視えないはずのものが、瞳に映る。

「あ、あの、ええと、もしかしてその子、君に憑《つ》いている……怪異？」

おっかなびっくり訊《たず》ねた夜花に、少年は意外そうに眉を上げた。

「ちょっと違うけど、そんなようなものだな。知ってるのか、社城のしきたりのこと」

「……うん。これでも社城の遠縁だし、一応、生まれてすぐ『喚応憑纏《かんおうひょうてん》の儀《ぎ》』も受けてるから」

「でも、あんたは『怪異憑き』じゃないよな。怪異の気配がない」

なにげない少年の言葉がぐっさりと胸に突き刺さった。彼は事実を述べただけで、決して夜花を貶《おとし》めるつもりはないだろうけれど。

『あんたには才能がない』

昨日の祖母の辛辣な物言いが思い起こされる。

いつもは気にしないようにしているし、実際あまり気にならない。それでも詰《なじ》られ続けた心には言葉の棘《とげ》につけられた小さな傷が無数にある。

じくじく膿《う》む胸を奥に押し隠し、夜花は笑顔を取り繕った。

「さ、才能がなかったの。普段は怪異を視《み》ることもできない。さっき金鵄を見たのが初めてで……今もなぜか視えてるけど」

怪異なんて視られなくても問題ない。一般人として、いくらでも生きる道はある。そんなことは百も承知だし、だからこそ、夜花は将来のために学業や労働など相応の努力をしている。

だが、社城家の中ではそうはいかない。

怪異が視えて当たり前、強い怪異に見初められ、より優れた術師になることが第一だ。

「ふうん」

嗤《わら》われるかもしれない。そう思った夜花の耳に、少年のどうでもよさそうな返事が飛び込んでくる。

「……嗤わないの?」

「別に。俺も序列に入ってない落ちこぼれって呼ばれてるしな。社城家では怪異憑きであることが優れた術師になるための最低条件だけど、そんなのはこの家の中でだけの話だ。外へ出たら関係ない」

少年は意外にも、夜花と同じような考えを口にした。

「手、出して」

夜花が言われたとおりに両手を差し出すと、少年の掌上でじっと丸まっていた雪うさぎの怪異が夜花の手にぴょこん、と飛び移った。

「うわっ」

やはりその小さな身体《からだ》は雪とは違い、生き物の温かさがある。外見とぬくもりとが一致せず妙な感じだが、本物の小動物のようで非常にかわいらしい。

「壱号《いちごう》。念のため、案内役よろしく」

《相変わらず、ゆきうさ使いの荒いガキなのです!》

「えっ?」

手の上のかわいい雪うさぎが、突如としてとんでもない暴言を吐く。夜花は仰天して、うっかり雪うさぎを落としそうになった。

「しゃ、しゃべった！」

「ちょっと口が悪いけど、気にしないでくれ」

「ええ……!?」

そんなことを言われても、夜花は今日初めて怪異を目にしたばかりで、触るのも初めてだ。怪異がしゃべっているのすら初めて聞いたくらいなので、あまり驚かせないでほしい。

慌てふためく夜花に、少年はくすり、と大人びた笑みを漏らした。

「――あんた、名前は？」

問われた夜花ははっとして、少年の凪《な》いだ双眸《そうぼう》を真《ま》っ直《す》ぐに見つめ返す。

「私、夜花。坂木夜花だよ。あなたは？」

「俺は社城千歳《ちとせ》。よろしく、夜花」

「よろしく、……ね」

刹那。

千歳と名乗った少年が見せた、あまりにも美しく、艶《あで》やかで、謎めいた魅力の微笑に、夜花は息をするのを忘れた。

年下の男子に呼び捨てにされたのも、気にならない。そのくらい目を奪われていた。

七月四日。

夜花にとってこの日が忘れられない日になったのは、彼――社城千歳との出会いという、決定的な人生の転換点があったからだ。

◇◆◇

千歳の案内で、社城家の夜の庭を歩いていく。そこで視界に入ってきた光景に、夜花の頭は盛大に混乱した。

「い、家がある……」

広大な社城の敷地《しきち》の、その片隅に小さな洋風の家が一軒、ぽつりと建っている。

赤いレンガ風の壁に小洒落《こじゃれ》た両開きの出窓、濃灰色の屋根に煙突がついた、さながら玩具《おもちゃ》の家だ。和風の母屋とはまるでミスマッチな。

「よく驚かれるんだよ」

千歳が夜花のほうを振り返り、苦笑する。

「ここ、一応、俺が住んでる離れ。もともとは土蔵だったんだ」

「へえ……」

「夜花。こっち」

千歳は人ひとり分くらいの狭い玄関ポーチに上がると、ドアを開ける。ちりん、と軽やかにドアベルが鳴った。

「ただいま」

家の中に向かって声をかける千歳に、夜花は少し緊張する。

(ちゃんと家の人に挨拶しなきゃ)

きっと、見知らぬ女子高生が夜にいきなりやってきて、千歳の家族も不審に思うだろう。きちんと挨拶をし、世話になる旨を伝え、謝罪と礼を伝えなければ。

しかし、夜花の予想を裏切り、家の奥から出てきたのはひとりの老爺《ろうや》だった。

「おかえり、千歳。……おや」

目を瞬《まばた》かせる彼に、夜花も「あ」と思わず声を上げる。

「朝の……」

老爺の顔には見覚えがあった。正確には顔というより、鮮やかな翠《みどり》のループタイの留め具だ。彼は今朝、門の前にいたあの老爺だった。

「坂木さんだったかな。ようこそ」

「は、はい！　夜分にすみません。お邪魔します……！」

夜花が勢いよく頭を下げると、千歳が老爺を手で示しながら紹介をする。

「夜花。このじいさんがこの家の専属使用人、松吉《しょうきち》。で、松《まつ》。彼女は客人の坂木夜花だ」

「よろしくお願いします」

「よろしく、坂木さん」

にこやかに笑みを浮かべる松吉は、千歳の祖父かと思ったが違ったらしい。

けれど、やはり穏やかで優しげな空気をまとう好々爺《こうこうや》然とした彼のおかげで、夜花の緊張も多少和らいだ。

「さっそくだけど、松。夜花にシャワーを浴びさせてやりたいんだ。必要なものを用意してもらってもいいか？」

「大丈夫だよ」

「じゃあ、頼む。夜花、身体が冷えきる前に早くシャワーを浴びたほうがいい」

千歳に背中を押され、あれよあれよという間に夜花は社城家の離れの浴室に向かう。

脱衣所でぐっしょり濡《ぬ》れそぼった着物を脱ぎ、浴室内へ。シャワーで身体の汚れや池の水の匂いなどを洗い流し——。

「いや、なにこの怒涛《どとう》の展開」

さっぱりして旅館に備えつけてあるようなシンプルな浴衣を着た夜花は、そこではっと我に返った。

《今さら気づいたのです？　鈍い小娘なのです》

すると、そばの洗面台で丸まっている壱号から、即座につっこみが入る。

今さらといえば今さらだが、親切にしてくれる千歳の指示に従い、つい、状況に流されるままここまできてしまった。

「なんで私に怪異が視えてるの？　なんで私はよそのおうちでシャワーを浴びてるの？」

冷静になって考えてみるとおかしなことばかりだ。夜花は混乱して頭を抱えた。

だが、壱号が《くだらないことを気にしていないで、早く行くのです》と言って、夜花にぐずぐず悩む暇を与えてくれない。

夜花は仕方なく溢《あふ》れんばかりの疑問を呑《の》みこみ、リビングへと移動する。

「あの……シャワー、ありがとうございました」

夜花が声をかけると、ソファの背もたれに寄りかかってくつろいでいた千歳が振り返った。

「少しはすっきりした？」

「うん。ありがとう。浴衣も用意してもらっちゃって」

「ああ、それは松の仕事だから。濡れた着物も、こっちでなんとかするからほっといていいよ」

「ありがとう。本当に、なにからなにまで」

この二年、ひたすらつっけんどんで、ダメだしばかりしてくる鶴と一緒に暮らしていたので、こういうたまの親切が心に沁《し》みる。

そう、ここが鶴の思惑どおり、社城の男――少年だが――の家だったとしても。

「じゃあ私、そろそろお暇《いとま》するね。母屋のほうに戻って着替えと貴重品をとってから……」

「ああ、坂木さん。ちょうどよかった」

玄関から声がしたかと思うと、松吉が紙袋を片手にこちらへ近づいてくる。紙袋をわたされ、中を確認すると、夜花が着てきた制服と貴重品が入っていた。

「母屋の使用人の女性に持ってきてもらったのですが、坂木さんので間違いありませんか？」

「あ、はい。ありがとうございます。わざわざ……」

あまりの至れり尽くせりっぷりに、面食らってしまう。

ひとまず紙袋からスマホを取り出して、ロック画面を見る。ぱっと表示された時刻は、二十時を回っていた。

「夜花。今晩はここに泊まっていったら？」

そう提案した千歳の口調はなにげなく、ひどく軽い。

「え？」

「ああ、それはぼくも思っていました。いくら自転車といっても、これから若い女の子をひとりで帰すのは……」

松吉も心配そうに眉尻を下げ、千歳の提案に同意する。

「いえ、そんな、そこまでお世話になるわけには。バイトのときは二十二時を過ぎて帰宅するのも普通だし、この時間ならまだ大丈夫です」

二人が善意から言ってくれているのはわかるが、さすがに知り合ったばかりの他人の家に泊まり込むのは夜花としても気が咎《とが》めた。

夜花の返答に、千歳と松吉は微妙な表情で視線を交わす。

「夜花……あんたさ、今日いきなり怪異が視《み》えるようになったって言ってなかった？」

どことなく言いづらそうに口を開いたのは、千歳だった。

「うん。そうだけど？」

「夜道、本当にひとりで大丈夫？」

「あ」

「ただでさえ視える人間って怪異に目をつけられやすいし、慣れてないなら今夜はあまり出歩かないほうがいいと思うけど。二階に鍵のかかる部屋もあるから、泊まったほうが安全じゃない？」

「ああ……」

千歳のその説明だけで、夜花が己の意思を翻すには十分すぎた。

（怪異が行き交う道をひとりで帰るなんて、無理！　絶対、無理だ！）

逢魔《おうま》が時《とき》をすぎて日が暮れれば、夜は怪異の蔓延《はびこ》る時間。

境ヶ淵は術師の一族たる社城家のお膝元なので、人を襲うような怪異はほぼいないと聞くけれど、怪異そのものが皆無なわけではないし、もし目をつけられれば、ついてくるなんてこともあるかもしれない。おまけにそれが、今の夜花には視えてしまうのだ。

その心の準備はまだできていなかった。

「……やっぱり、泊まらせてください……」

力なくうなだれた夜花に、千歳は「まあ、そのうち慣れるよ」と慰めにもならないような言葉をかけてきたのだった。

二章「トンネルの怪異ってベタだよね」

カーテンの向こう、窓の外がぼんやりと白んで、徐々に明るくなってくる。

やがて、ピピ、チチ、と鳥の囀《さえず》りが聞こえだし、夜が明けたのを認めざるをえなくなってきた。

（全然、眠れなかった……）

夜花《よはな》は知らない天井が明るくなる様を眺めて絶望的な気分になりながら、夏用の薄い掛け布団を顔まで引っ張り上げる。しかし、当然ながら今さら眠気など訪れない。

どうして眠れなかったのかといえば。

昨日の怒涛の出来事、衝撃の連続、さらには突発的な外泊に心が高ぶってしまい、目が冴《さ》えていたからである。

一夜明けてもまだ、夜花の頭の中は混沌《こんとん》としている。

池に落ちたこと。

なにもないところからいきなり小澄晴《こすみはれ》が降ってきたこと。

その小澄晴が、序列一位の社城瑞李《やしろすいり》の伴侶に選ばれたらしいこと。

今まで視えなかった怪異が視えたこと。

まれびと、という単語。

千歳《ちとせ》に助けられ、彼の家に世話になっていること。

夜花にとってわからないこと、考えなければならないことが多すぎて、脳も感情も追いつかない。

眠れなかったとはいえ、うとうとと微睡《まどろ》んでいる時間はあったので、すべてその間に見た夢なのではないかと淡い期待までしてしまう。

(そうだよ、夢だよ)

夜花は布団を撥《は》ね上げ、勢いよく起き上がった。

「全部、夢だ。間違いない。昨日はなにもなかった。絶対そう」

《それはただの現実逃避なのです。きちんと現実を直視するのです》

唐突にそばで響く、人ならざるものの声。夜花の中に芽吹いていた『昨日の出来事まるっと夢説』が瞬時に枯れた。

声のしたほうを向くと、窓辺に真っ白な毛並みの手のひらサイズの小動物、否、小怪異がいる。小さな座布団に鎮座するその姿は、さながら皿に載った大福だ。

千歳からお目付け役としてつけられた雪うさぎの怪異。種族名は『ゆきうさ』。個体識別番号でいうと『壱号《いちごう》』になるらしい。

壱号はどこか呆《あき》れを含んだじっとりとした赤い瞳で、こちらを見ている。

「やっぱりまだ、怪異が視えてる」

夜花は頭を抱えた。

昨日のはなにかの間違いで、寝て起きれば元どおり怪異とは無縁の平凡な暮らしに戻るはず――と、淡い期待をしていたけれども、そんなことはない。

これは異常事態だ。

「どうして急に視えるようになっちゃったのよ……」

《ごくまれながら、後天的に怪異を認識できるようになった例も皆無ではないのです》

特に答えを求めて呟《つぶや》いた疑問ではなかったが、壱号が律儀にも返してくる。

夜花は「いやいや」と首を横に振った。

「怪異が視えるのは、霊力が高いからでしょ。その霊力の高さは、生まれつきの素質で決まるって聞いたよ？」

これでも社城家の遠縁、……端くれだ。怪異が視えなくても、術師がどういうものかくらいは知っている。

怪異を視る力、術師の用語でいう『見鬼』を持つことは、術師にとって基本だ。見鬼の才があれば術師として最低限必要な霊力の高さがあり、なければ術師になれる可能性はほぼゼロと決まっている。

(それに私は怪異憑《つ》きにもなれなかったから、霊力があるはずない)

社城家には、生まれたばかりの一族の赤子に『喚応憑纏の儀《かんおうひょうてんのぎ》』を受けさせるという、独自のしきたりがある。

喚応憑纏の儀とは怪異を呼び、人にとり憑かせる儀式であり、これによって術師の霊能力を底上げできる。より霊力の高い子どもには相応に強い怪異が憑き、霊力が低ければ弱い怪異しか憑かない。また、十分な霊力がない場合はどの怪異も寄ってこない。

たとえば、昨日視た序列一位、社城瑞李の金鵄《きんし》。

あれは高位の神鳥で、ほとんど神に等しい神代の生き物だ。ゆえに、その金鵄が憑いている瑞李は最高の霊力を持つ、まごうことなき最高の術師とされる。

一方、夜花は出生時に受けた喚応憑纏の儀において、どの怪異も寄ってこなかった。だから『出来損ない』なのだ。

夜花の言葉に、壱号はまばたきで肯定の意を示す。

《それはそうなのです。ただ、例外もあるのです。生まれつきの霊力が高くなくとも、な

にかのきっかけで怪異と距離が近くなれば、怪異を視ることが可能になるのです》

「怪異とお近づきになった記憶はないけど……」

《それも含めて、今日あらためて話す約束なのです。さあ早く起きて、支度をするのです！》

壱号のふわふわとした高い声が、まるで祖母のようなことを言い出す。

昨日会ったばかりだというのに、すでに小姑《こじゅうと》のごとく容赦がない。口が悪いというより口うるさい、のほうが正しい。

昨日の朝までは、まさか怪異に世話を焼かれる日が来るとは思いもしなかった。

（私、いったいどうなっちゃうんだろう）

――どうにかなるかもしれないし、ならないかもしれない。

ようやく、あの夢の中の青年の台詞《せりふ》が実感を伴って、夜花の胸に迫っていた。


今日は金曜日、つまりは平日で学校も平常どおり。

夜花は登校する気満々で制服に着替え、身支度を整える。ちなみに、壱号はなにも言っていないのに自ら夜花の頭の上に飛び乗ってきたので、そのまま連れていくことにする。

ところが、意気揚々とリビングに顔を出した夜花は、千歳にとんでもない事実を告げられ、愕然《がくぜん》とした。

「は……？　え、ごめん、もう一度言ってくれない？」

「だから。今朝早く屋敷《やしき》にあんたのばあちゃんから電話があって、学校には欠席の連絡をしといたからそう伝えておいてくれってさ」

「あんの、くそバ……おばあさまめ……勝手なことを」

夜花は唖然《あぜん》としたのち、猛烈な怒りに襲われる。危ない。つい口が滑り、汚い言葉を発しそうになった。

昨日の宴会の手伝いを勝手に決めたばかりか、二日続けて学校を休むよう、本人の意思を無視して話を進める——こんなに非常識なことがあろうか。

「信じられない。本当に信じられない！」

「まあまあ。ともかく、座んなよ」

「……うん」

夜花はむくれながら、千歳の向かいに腰かけた。

すると、「お待たせしたかな」とエプロンをかけた松吉《しょうきち》が皿を持ってキッチンから現れる。

「さ、朝ごはんだよ。召し上がれ」

ローテーブルにサンドイッチの載った皿と、カップが並べられた。

サンドイッチは手作りらしく、耳がついたままの食パンに、今にもこぼれそうなほど具がたっぷりと挟んである。見るからに美味《おい》しそうで、夜花の空腹を刺激した。

千歳が目を輝かせ、さっそく手を合わせる。

「いただきます。夜花も、遠慮せずに食べていいからな」

「うん。ありがとう」

「聞き忘れていたけれど、坂木《さかき》さんは食べられないものはあるかい？」

「いえ、たいていのものは平気です。ありがとうございます」

松吉に訊《たず》ねられ、夜花は首を横に振った。

千歳と松吉の優しさが、祖母との生活で荒《すさ》んだ心に沁《し》みる。祖母との食事では、「出されたものは文句を言わずに食べろ」か「自分で作れ」のどちらかだ。

「今、飲み物も持ってくるからね」

松吉はまるでレストランのウェイターのように、きびきびとした動きでキッチンに再び戻っていく。

夜花も千歳に続いて「いただきます」と手を合わせると、サンドイッチをひとつ手にとってかぶりついた。

しゃきしゃきとしたレタスに、ハムとたまごのほのかな塩味。さらにマヨネーズの酸味を含んだまろやかさと、マスタードだろうか、少しぴりっとくる辛さがほどよく利いている。

想像よりずっと美味で、夜花は目を丸くした。

「美味しい!」

「だろう。サンドイッチは松《まつ》の得意料理だから」

千歳が破顔すると、ティーポットを持って現れた松吉は少し照れくさそうにする。

「いやいや、サンドイッチとカレーくらいしか作れないんだよ」

そんなやりとりもありつつ、サンドイッチを食べ進め、夜花の気持ちもどうにか落ち着いてきた頃、千歳が切り出した。

「さて、今日の予定だけど。俺はこれから仕事に行こうと思う」

「仕事? 千歳くん、学校は?」

「あー……まあ、それはいいとして」

いいんだ、とやや疑問に思うものの、話の腰を折らないよう口には出さないでおく。

千歳は夜花の指摘を受け流し、「提案なんだけど」と何事もなかったように続けた。

「夜花、あんたも仕事についてこない？」

「仕事って、社城家の仕事だよね」

「そう。神祇官《かむつかさ》、というか術師の仕事ってやつ。怪異が視《み》えるなら、実際の仕事も見てもらったほうがいろいろと話が早いから。道中でまれびととか昨日のことも説明するし」

これからでも、学校へ行けば一時間目には間に合う。欠席を取り消してもらえるだろう。

だが、やはり自分がいったいなにに巻き込まれたのかは、知っておきたい。このままでは気になって、勉強も手につかないに決まっている。

（それに、まれびと――もしかしたら、私も）

あのときの夢で聞いた言葉と、この状況は無関係ではないのかもしれない。

「わかった。一緒に行くよ」

夜花は腹をくくり、うなずいた。


青い空に、薄く灰色の雲がかかっている。風に流される雲に透けて太陽の輪郭が見え、時折、明るい光が差す。曇りよりは晴れに近いような、微妙な天気だった。

夜花は社城家の門前で、壱号とともに車を待っていた。

どうやら千歳の仕事の現場はやや離れた場所らしく、車での移動が必須とのこと。千歳は車の手配をしに行ってくれている。

「てっきり、電車やバスを使うものかと思ってたのに」

《社城ではこれが普通なのです》

夜花のつぶやきに返す壱号の口ぶりは、しれっとしている。

社城家の自家用車を夜花も見たことはあるが、いかにもな黒塗りの高級車かつ、専属運転手付きだ。あれに乗るのかと考えただけで興味より緊張が勝り、背筋が寒くなる。

と、他愛ない会話をしていると、「おい」と声をかけられた。

「はい？」

驚いて顔を上げると、立っていたのは、顔の造作の整った不良感のある青年。年齢は二十くらいで面立ちは凛々《りり》しく、眼光は獲物に狙いを定めた猛獣のように鋭い。

見た顔だ。確か昨晩、夜花と晴が池に落ちたときに「侵入者がいるのか」と怒鳴っていた。

「お前、なんだ？　なにをうろちょろしてる」

「え、ああ、その……ええと」

夜花は口ごもりながら、首を捻《ひね》る。

そういえば、現状の夜花はどのような立場になるのだろう。

（お客さん……だよね。たぶん。でも、招かれてるとも違うような？　宿泊客です、って言うのもなんか違うし）

咄嗟《とっさ》のことに上手《うま》い言葉が見つからない。

シンプルに「千歳を待っている」と答えればよかった、と気づくのに少しかかった。

そしてその「少しかかった」時間は、目の前の青年の疑念を深めるには十分だったらしい。彼は忌々しそうに舌打ちする。

「またかよ。いるんだよな、たまに。お前みたいになにを期待しているんだか、いきなり押しかけてくる女」

「はい？」

「誰が目当てだ？　クソ兄貴か？　俺か？　それとも出波《いずは》か？　誰だろうがお前みたいな『なんにもない』、そのくせ妙に自信のある面倒な女の相手なんかしねえから。とっとと失《う》せろ」

どうやら勘違いされている。

社城家の人々は、揃《そろ》って整った外見をしている。金も地位もあり、外見のいい異性に惹《ひ》かれる者は多い。おそらく、お近づきになるために屋敷に突撃する恐れ知らずもいるのだろう。夜花はそれだと思われたのだ。

「ち、違います！　私はえっと、昨日……そう、昨日！　ここで宴会の手伝いをしていた遠縁の者でして」

ますます青年の眉間にしわが寄る。

「あ？　じゃ、その頭の上の埃《ほこり》みてえな怪異も遠縁だからか。なまじ屋敷に立ち入ったせいで、余計に思い上がったってわけだ」

「だから、そうじゃなくて！」

「残念だったな。今日のこの屋敷は『まれびと』を迎え入れるのに忙しいんだよ。お前の相手をしている暇はない」

まれびと――たぶん、晴のことだ。夜花は黙り込む。

どうやらこの青年は社城家の序列者らしい。屋敷に押しかけてくるファンがいるようだから、さぞ序列が高いのだろう。だとしたら、夜花の事情も話してしまえばいいのでは。話のとっかかりくらいにはなるはずだ。

「あの、私」

「待った」

思いきって口を開きかけた夜花の声が、鋭く遮られる。

「千歳くん」

屋敷の母屋のほうから、千歳が下駄《げた》を鳴らして現れた。

こうして、明るいところであらためて見ると、彼のバンカラ風の格好は社城家の古風な屋敷によく似合っている。さらに大人顔負けなほど堂々としているせいか、仮に彼がこの屋敷の主《あるじ》であると聞かされても驚かない。

千歳を見遣《みや》った青年は、は、と鼻で笑う。

「あんだよ、てめぇの客か。『落ちこぼれ』」

「そ。だから、あんまり虐《いじ》めないでやってくれないか。果涯《かがい》」

「てめぇみたいなゴミ屑《くず》に呼び捨てにされる覚えはねぇよ。……ああ、そうだ。今日の、まれびとと社城家の者の顔合わせ、序列外の落ちこぼれのてめぇに参加資格はない。せいぜい外でウォーミングアップにもならない、どうでもいいクソみてぇな仕事をしてこいよ。ま、てめぇには難しいだろうがな」

ひとしきり意地の悪い言葉を吐き捨て、青年は千歳と入れ違いに門の向こう、屋敷の敷《しき》地《ち》内に進んでいった。

外見は悪くないのに、中身はとんだネチネチ下品男だ。

夜花はその背に向かって、あかんべをした。

「なにやってるんだ、あんた」

千歳に呆《あき》れ顔で言われ、つん、とすまして腕を組む。

「私、人の話を聞かない嫌みな人は全員、十歩に一回は顔面から転ぶべきって主義だから」

「どんな主義だよ」

千歳が軽く噴き出す。

だが、夜花にとっては笑いごとではない。というか、平然として笑っている千歳が信じられない。腹が立たないのだろうか。そんな態度では侮られるばかりなのに。

（まあでも、当事者なんてそんなものか。私もおばあちゃんにはたいして強く出られないし。身内が相手だと正面から歯向かうにはしがらみが多いから）

ふう、と大きく息を吐く。今朝は腹が立つことばかりで困る。

そうして会話が途切れたところへ、ちょうど夜花の予想していたとおりのぴかぴかの高級車が、すぐそばに停車した。

「じゃ、行こうか」

「うん」

と、千歳にうなずいて返したはいいけれど。

乗り込んだ車内の、広々とした革張りの座席で借りてきた猫のごとく大人しく、夜花は小さく縮こまっていた。

夜花と千歳の座る後部座席は足を伸ばして座ってもまだまだ余裕がある。椅子自体もふかふかしていて、滑らかな革の触感は慣れないが包み込まれるような安心感があった。

（やっぱり矮小《わいしょう》な庶民にこの高級車は刺激が強いよ！）

座席だけでも何十万、いや、何百万とするのではないだろうか。汚しでもしたら、夜花自身が弁償のために売り飛ばされかねない。

社城家の財力をあらためてひしひしと感じる。

たかがいち地方の名士と侮るなかれ。社城家は全国でも有数の名家なのだ。

「緊張してるとこ悪いけど、さっそく話をしていいか？」

「……うん」

手のひらにじっとり汗をかきながら、夜花は小さく首を縦に振る。千歳は「そうだな」と思案している様子で、顎に手をやった。

「どこから話そうか」

「まれびとの話が聞きたい。今、一番知りたいのはそれだから」

「なら、そうしよう」

夜花の要望を受け入れた千歳は、静かな口調で語りだした。

「神祇官として、怪異や術や祭祀《さいし》や……そういった『神秘』を扱うのが社城家の役目、というのはわかっている？」

「うん」

「社城家には実はもうひとつ、非常に大切で、大きな役目がある。それが、まれびとをもてなすことだ」

「まれびとを、もてなす？」

「そう。社城家においてまれびとというのは、ここと違う世界、異境や異界と呼ばれる世界からの来訪者を指す。その来訪者を迎え、世話をするのが社城家の仕事」

「……いわゆる異世界とか異世界人とは違うの？」

なんとなく、ここと違う世界というと、ファンタジーなイメージがある。剣や魔法の戦いのある殺伐とした世界と、その住人、というような。

千歳はかぶりを振った。

「異界——異境っていうのは、常世、蓬萊《ほうらい》、竜宮……神話や昔話に登場するような、別の世界のこと。対して、俺たちが暮らすこの世界は人境《じんきょう》と呼ぶ。二つの世界は表裏一体で、異境は怪異が優位な神秘の世界、人境は人間が優位な人の世界っていうふうに、棲《す》み分けがされてるってわけ」

「なるほど……？」

千歳の説明は複雑だが、ゆっくり嚙《か》み砕《くだ》けばどうにか吞《の》みこめる気がした。

「まれびとは、たまにいる異境と人境を行き来してしまう人のこと。例を挙げるなら、浦《うら》島太郎《しまたろう》なんかがそう。人境の青年が亀に乗って異境の宮殿、竜宮城にいく。そこでしばらく暮らし、また人境に戻った。あと、神隠しなんかもそれにあたる」

人が神隠しに遭うとき、その多くはなんらかのきっかけで異境に迷いこんでいるのだという。そして、神隠しで消えた人がしばらくして戻ってきた場合には、その人を『まれびと』と呼ぶことになるのだとか。

「ただ、厳密にいえば、異境に行って帰ってきただけでは『まれびと』とは言えない。……『黄泉戸喫《よもつへぐい》』は知ってるか？」

千歳の問いに、夜花はしばし考えた。

「黄泉《よみ》に行って、黄泉の食べ物を飲み食いすると、黄泉の人になってしまって地上に戻れなくなるってやつだよね。イザナミが黄泉のものを食べてしまったから、イザナギと地上に帰れなくなった」

「それ。まれびとっていうのは本来、異境に渡り、異境のものを飲み食いして人境に戻ったイレギュラーな人間のことをいう。……昨日見つかったあの子」

「小澄さん？」

「そう。小澄晴は、どうやら異境に迷い込んでそこで水を呑んで戻ってきたらしい。およそ百年ぶりに現れた、れっきとしたまれびとだな」

どくり、と夜花の心臓が音を立てて脈打った。背中に冷たい汗が浮かんで、身震いしそうになる。

異境に渡って、水を呑んで。では、やはりあのときの夢は夢ではなく。

「どうかした？　車酔い？」

「ううん。……平気」

夜花ははっとして、急いで表情を取り繕う。

「……小澄さんはこれからどうなるの？」

「さて、どうなるか。彼女、まれびとであるだけじゃなく、序列一位に見初められたから」

昨日、手伝いの女性たちが噂《うわさ》していたのを思い出し、そらんずる。

「金鶏憑《つ》きの男性は生涯にたったひとり、つがいに定めた相手しか愛さない……？」

「そうだな。社城家の術師は喚応憑纏の儀を行い、『怪異憑き』になることで能力を底上げする。ただ、怪異に憑かれると、その怪異の特性が術師にも現れることがある。金鵄に憑かれたのは歴代で数人、全員が男性、かつ、ひと目で生涯の伴侶を見初め、死ぬまで愛したといわれている。小澄晴もたぶん、そうなる」

「あの、序列一位の人と結婚するってこと？」

「最終的には小澄晴自身の選択次第だと思う。彼女はまれびとだから、社城家では彼女を最高の待遇をもって丁重に扱う。彼女が欲するなら最高の衣食住を提供するし、一生遊んで暮らしたいならそれも保障する。けど、つがいの問題はそれとは別で、本人たちの意思によるよ」

「そう……なんだ」

「とまあこんな感じで、だいたいの疑問は解けたんじゃないか」

千歳は、ぐ、と伸びをして肩を回す。力が抜けたように笑う彼の顔はあどけなくてかわいらしい。

疑問が解消され、夜花も確かにいくらか心が軽くなった気がした。

素直にありがたかった。彼にとって無知な夜花にものを教えるのは、ただ手間でしかなかったはずだから。

「ありがとう、いろいろ教えてくれて」

「わからないことがあったら遠慮なく訊《き》いてくれていいよ、これからも」

「うん。わかった、じゃあ訊くけど」

流れゆく車窓の風景を一瞥《いちべつ》し、夜花は息を大きく吸った。

「この車、どこへ向かってるの⁉　もう境ヶ淵《さかいがふち》から出ているし、だんだん街が遠ざかっていくんだけど⁉」

「ああ、トンネルだよ。旧逆矢《さかや》トンネル」

「そこって、し、心霊スポットの……？」

「そう」

少しも悪びれず、千歳は艶のある切れ長の目を愉快そうに細める。完全に面白がっている。

「聞いてない！」

「訊かれてないんでね。それに考えてみなよ。社城家の役職は神祇官だろう。神祇官は怪異をときに退治し、ときに管理する。心霊現象は？」

「……怪異、だけど」

「だったら、心霊スポットに対処するのも神祇官の領分ってことだ」

彼の説明は理路整然としているけれど、だからといってすんなり納得できるものでもない。

旧逆矢トンネルは今ではほとんど使われていない古いトンネルで、付近の地元民の間では常識レベルの心霊スポットだ。隣の市が所在地ではあるが、境ヶ淵でも知らない者はいないくらい有名である。

たまに誰それが肝試しに行くとか行かないとかいう話も聞く。

しかし心霊スポットは人気のない、老朽化した建造物であることも多いので、単純に危険だ。少なくとも夜花はわざわざ近寄ろうとは思わない。

「大丈夫。あそこは社城家の術師が何度も行っているから、危険はないよ」

あっけらかんとしているこの少年の言葉をどこまで信じてよいものか。

（不安だ……）

言い合っている間にも車は山道に突入し、対向車もずいぶん減ってしまった。

道路脇の鬱蒼《うっそう》と茂る木々の葉は季節柄、鮮やかな緑が目立ち、薄曇りの弱い日差しを受けて木漏れ日がときどき煌《きら》めく。昼間ゆえ、怖ろしくは感じないが、もし夜だったら不気味だろう。

山道を途中で逸《そ》れ、やや傾斜の急な小道に入ってさらに登る。目的地はその先にあった。

社城家専属の運転手は慣れたものなのか、片側が斜面になっている細い道でも躊躇《ちゅうちょ》せず車を進め、危なげなくトンネルの前に停車させた。

窓の外に、ぽっかりと黒い大穴を開けたトンネルが見える。

（い、行きたくないよぉ）

できるなら今からでも引き返したい。いや、車から出ないだけでもいい。とにかくトンネルに近づきたくない。なぜなら。

（私、怪異が視《み》えるようになっちゃったから……！）

怪異が視えるのだから当然、幽霊も視えるはず。視たくない。怪談で聞くような、血まみれの人やら死に際の姿やらは勘弁してほしい。それもあって、昨晩は千歳の家に泊まったのだ。

「じゃ、行くぞ」

千歳はさっさと車のドアを開けて外へ出ていく。

《なにをしてるのです。お前も行くのです》

ここまで沈黙を保っていた壱号に、頭をぺしぺしと小さな前脚で叩《たた》かれる。毛でもふもふとしていてまったく痛くないが、和んでいる余裕はない。

「行きたくない……」

《ここまで来ておいて、それは聞けないのです。腑《ふ》抜《ぬ》けなのです。腰抜けなのです！》

残念ながら、多少罵られたくらいで夜花の意思は曲がらない。日頃、祖母から精神攻撃を受け続けてきた賜物《たまもの》である。うれしくない。

すると、壱号は実力行使に打って出た。なんと、夜花の髪をかじり始めたのだ。痛みはないものの、微妙な不快感と髪型が崩れる感覚がある。

「ちょ、ちょっと待って、かじらないで！」

《だったら早く行くのです。うさも助勢しなければ、あのガキだけでは力不足なのです》

「うう……」

頭の不快感など恐怖に勝るものではない。しかし、ここまでされて平気でいられるほど悪人ではないつもりだ。

夜花はおもむろにドアに手をかけ、そろりそろりと車を降りた。

風の吹く黒い大穴の前に千歳がひとりで立っている。夜花は一歩一歩、慎重に歩を進め、なんとかその斜め後ろまで近寄った。現時点ではまだ、幽霊のようなものは視えない。

「ここでなにをするの？　幽霊を祓《はら》う？」

訊《たず》ねた夜花に、千歳は振り返って安心させるように不敵に笑う。

「だいたいそんな感じ。このトンネル、位置がよくなくてね。祓っても祓っても、しばらく経つとどうしても霊の吹き溜《だ》まりになる。だから、定期的な点検と浄化が必要なんだけど、なにしろたいした仕事じゃないものだから、実績にならないって序列者たちはやりたがらないんだ」

ついてきて、と千歳に促され、夜花は意を決して足を踏み出した。

正直なところ、千歳の背に隠れたい気持ちがやまやまなのだが、年上としてそれはあまりにも情けない。夜花のなけなしのプライドだ。

トンネルの中は夏とは思えないほどの冷気で満ち満ちていた。ぴちょん、と水滴の落ちる音が響く。時折吹き抜ける風は湿っぽくて生臭く、ひやりと夜花の手足を撫《な》でていく。風が吹くたびに風音がトンネルに反響し、おおお、と唸《うな》り声のように鳴るのも薄気味悪い。

「い、いる……」

夜花は知らず知らず、小さくつぶやく。

明かりがなく、真っ暗なトンネル内。出入り口の日の光だけが頼りだが、真っ暗な中でもぼんやりと人影に似た白っぽいなにかが視える。ひとつではない。ふたつ、みっつ。否、もっといる。

怖《おそ》れていたようなショッキングな外見の幽霊ではなく、ただただもの悲しく、寂しく、不気味な——陽炎《かげろう》にも似た人影だ。

それでも、ぞぞぞ、と身の毛がよだった。

「視えたか。ここにいるのはだいたいが流されてきた霊で、力は強くない。生前の姿をあまり保てないほどにね。だからまとめて浄化してやろう。……夜花、俺から離れるな」

千歳はそう言うと、柏手《かしわで》をゆっくりと高らかに二度打つ。

「高天原《たかまのはら》に神留坐《かむづまりま》す皇《すめら》が親神漏岐命《むつかむろぎ》、神漏美命《かむろみのみこと》以《も》ちて八百万《やおよろず》の神等《かみたち》を神集《かむつど》えに集賜《つどえたま》い神議《かむはか》りに議《はか》り賜《たま》いて――」

朗々と明快に、透きとおるような祝詞《のりと》が真《ま》っ直《す》ぐにトンネルを貫く。

千歳の少年らしい声は鈴が鳴るがごとく美しく、彼のひと言ひと言は澱《よど》んだ空気を切り裂き吹き飛ばす聖なる矢であった。

みるみるトンネルに清浄な気配が満ちるのを、肌で感じる。

(すごい……)

霊たちがだんだんと薄くなって消えてゆく。

ところが、心地よく清浄な空気に浸っていた夜花の背筋に、ぞくり、と悪寒が走る。

頭上で壱号がぶう、ぶう、と鼻を鳴らし始めた。

「な、なに?」

咄嗟《とっさ》に、夜花は嫌な感覚のあった背後を無意識に振り返る。

《気を抜くな、なのです!》

壱号の警告が耳に届いたときには手遅れだった。

——視えた。視えてしまった。

夜花の背後、わずか二十歩ほど先に揺らめく霊は、人の形はしていた。かろうじて。だが、明らかに生者ではない。首が異様に長く、腕の長さが左右で違う。二本の足はぐちゃぐちゃと絡み合うようにして、輪郭すらつかめない。ぎょろりとした剝《む》き出しの目玉が、こちらを見ていた。

「ひ……っ」

悲鳴さえろくに出せず、夜花は一歩だけ後退《あとずさ》る。

臓腑《ぞうふ》が冷えて縮み、震えあがって動けなくなるほどの恐怖というものを、初めて味わった。喉が詰まって、声を出すどころか呼吸すらできているか怪しい。

《囲まれているのです》

夜花は愕然《がくぜん》とした。後ろにひとり、左右にひとりずつ、そして正面にも。

次々に浄化されていく白っぽい人影の霊とは異なり、千歳の祝詞が効いているように見えない。じりじりと、こちらに迫っているようだった。

《守りを固めるのです。弐号《にごう》！》

壱号が叫ぶ。するとどうだろう。壱号とほとんど同じ姿をした真っ白なゆきうさぎがもう一匹、ぽすん、と千歳の頭上から現れた。

《壱号、状況はどうなってるのです？》

《劣勢なのです。小童《こわっぱ》が弱いせいなのです！》

夜花は千歳の表情をうかがう。祝詞を上げる彼は正面から霊たちを見据え、少しもぶれることなく口を動かし続ける。だがやはり、かすかに焦燥が滲《にじ》んでいる気がした。

肩に力が入る。

こんなに緊迫した場面に臨むのは、十六年生きてきて初めてだ。手足が震えて、己のものでないかのごとく固まってしまっている。まるで全身に氷水を浴びせられたよう。

──けれど。

だからこそ……今ここで奮い立たねば一生、腑抜けのままだろう。それでいいのか、自分。本当に、そのままで。

千歳と背中合わせに立つ。夜花は彼の小さな背中を守り、庇《かば》うため、両手を広げた。

《お前……》

壱号が驚いている。あれだけトンネルに近づきたくないと泣き言を漏らしていた夜花がこんな行動に出るとは、思いもしなかったに違いない。

「絶対、触れさせないから！」

霊に向かい、夜花は啖呵《たんか》を切る。

それは啖呵でもあり、己に言い聞かせる決意表明でもあった。膝は笑っているし、涙も少し出ているし、声も裏返った。

気味が悪い。怖い。逃げたい。

でも、夜花は変わりたかった。

ずっと変われずにいて、ついにはあんなよくわからない神みたいななにかにすがり、願い。そこまでしても結局、変われなかった。出来損ないのままで、特別ななにかになれずに。

だとするなら。

(神頼みでもダメなら、ここで自分から踏み出さなきゃ。勇気を出せ、私。せっかく見鬼を得ることができたんだから、この一歩から変わるんだ)

頭頂部を、もふん、と壱号の前脚で一度、叩かれる。

《その意気や良しなのです。——月白《つきしろ》の盾！》

壱号が唱えると、白く丸い光る壁が現れて霊の進行を遮った。弐号も同じく唱え、千歳の正面に壁を作る。

《祝詞が終わるまでもう少しの辛抱なのです》

夜花はうなずき、息を止めて霊が接近しないかじっと見つめる。

ようやく祝詞が終わるらしく、だんだんと千歳の声が伸びやかになっていく。それでも多少は効いているようで、形を持った霊たちも最初より輪郭が崩れていた。

祝詞が終わるのとほぼ同時。

ぱん、とガラスが割れるような音がして、壱号と弐号の作った壁の破片が散る。

《そんな、まだもつはずなのです！》

《おかしいのです！　異常なのです！》

壁がなくなり、最後のあがきなのか、霊たちがこれまでよりも素早い動きでこちらに迫る。

「壱号！　月光の剣を！」

千歳が叫ぶ。

《もう出しているのです！》

しかし、もう霊の腕が届く。夜花は、あれに触れたらいけないと本能で理解する。

白く光る鋭い剣が千歳の手にわたり、彼がそれを振るって霊たちを一掃することさえできれば全員が助かるだろう。だが、あと数瞬だけ、時間が足りない。時間が足りないから、夜花たちにはあの霊に触れられ、憑《つ》かれ、命を落とすか、正気を失うかの未来が待っている。

ああ、ほんの——あと数秒があれば。

夜花は無我夢中で喉が勝手に動くままに、それを口にしていた。

「止まって」

さらに大きく息を吸い込む。

「止まってよ！」

止まれといって止まるなら苦労はしないし、それほど間抜けなこともない。ないはず、なのに。

（え？）

夜花が叫んだ瞬間、ぴたり、と霊たちがいっせいに静止したように見えた。それこそ、ほんの数秒。

三秒だか四秒だかははっきりしない。けれど、霊たちは動きを止め、その隙に千歳の手に光の剣が握られて振るわれた。祝詞で祓えなかった霊たちは剣に両断され、霧散する。

間に合わないはずだったのに、なぜか間に合った。

（なんで？）

ふう、と息をついて千歳が手から離すと、輝く剣は光の粒になって消える。

霊は白いのも形あるのも含め、もうひとりも残っていない。

（なんなの、今の。気のせい？）

確かに霊が止まったと思ったが、気のせいとも気のせいでないともつかない微妙なごく短時間。そのせいか、誰もなにも指摘しない。千歳も特に気にした様子はなく、ゆきうさたちも、ふす、と満足げに鼻を鳴らすばかりだ。

夜花もその空気感に「さっきのはなに？」とは言い出せない。プロが言及しないのだから、きっとおかしなことではないのだと無理やり呑みこんだ。

「夜花、庇ってくれてありがとうな」

首を捻《ひね》る夜花に、千歳が寄ってきてはにかみ交じりに言う。

「私はなにもできてないよ」

「でも心強かった。あんた、肝が据わってるよ」

よくわからないが、褒められた。単純だけれど、夜花の心はそれだけで少し浮上する。

千歳はふっと目元を緩めて身を翻した。

「よし。任務完了だな」

《ガキが弱くなかったら一分もかからずに終わっていたのです》

《然《しか》りなのです。弱っちいのです》

「悪かったな」

千歳はすねたように口をへの字にして、自分の肩に乗っている弐号と夜花の頭上にいる壱号とをつまみ上げると、二匹それぞれの額にデコピンをした。

《痛いのです！　生意気なガキなのです！》

《許せないのです！　あるじに言いつけるのです！》

ぎゃんぎゃんと頭に響く、ゆきうさたちの猛抗議。それをそっくり無視した千歳は振り向いて夜花を見、いたずらっぽく、に、と笑う。

「帰るか」

一行はぞろぞろとトンネルを出て車に戻る。会話もそこそこに来たときと同じく後部座席に乗り込むと、車は砂利の多いひび割れたアスファルトの道を走り出した。

（疲れた……）

いきなり心霊スポットに連れていかれ、あんな霊と対峙《たいじ》させられて。一生分のハラハラを味わわされた気分だ。もうお化け屋敷《やしき》に行ってもひとつも怖くないし驚かない自信がある。

往路では高そうな座席に緊張しっぱなしだったが、今は疲労感で少し重い身体《からだ》にふかふかの座席がありがたい。

全部が済んだ。あとは帰るだけ。そう、夜花は油断していた。

「で、だ。——坂木夜花」

ふいに硬い声色でフルネームを呼ばれ、はっと目線を上げる。いったい何事だろう。今回のトンネルでのことについて、説教でもされるのだろうか。

おそるおそる隣を見れば、千歳がやけに真摯な顔つきで、真っ直《まっす》ぐに夜花を見つめている。

「どうだった？　社城家の仕事は」

「……怖かった、すごく」

「それもそうか。じゃあ、俺と一緒に行動してみてどうだった？」

「どう、って？」

「あんた、ずっと警戒してたから。俺が術師として頼りになるかどうか、見てもらおうと思ってたんだけど」

《ポンコツなガキが頼りになるわけがないのです。ピンチだったのです》

「お前はちょっと黙ってて」

「…………」

睨《にら》みあう千歳と壱号をよそに、夜花は黙って考え込む。

千歳がそんなふうに気遣っていたなんて、思いもしなかった。

なるほど、どうして彼の仕事に付き合う必要があったのか疑問だったが、そういう意味もあったのか。とはいえ。

「どうして?」

「なにが?」

「私は所詮、社城の遠縁で見鬼を得たってだけで、確かに怪異との付き合い方はこれから慣れなきゃいけないけど、千歳くんを頼りにする機会はそんなにないと思う」

今日このあと千歳と別れたら、夜花はまた普通の生活に戻る。

学校へ行って勉強し、アルバイトをして生活と将来のために金を貯《た》め、たまに祖母に嫌みを言われて腹を立てる。祖母と二人だけの家で、そんな変わらぬ暮らしがこれからも続いていくだけだ。見鬼の才を得たとて、大きく変化するとは思えない。

けれど、夜花の考えは次の千歳の言葉でひっくり返った。

「――夜花。あんたも、まれびとだろう」

息が止まる。心臓の鼓動が徐々に大きくなっていく。

「あんたも小澄晴と同じように、異境に渡ってなにか口にしたな？」

「な、んで」

なぜ、どうして、バレた？　あの夢のことは誰にも話していないのに。突如漂いだした濃い緊迫感に、きん、と耳鳴りがする。

「わずかに……本当に、察知できないほどほんのわずかにだけど、あんたからも異境の匂いがする。俺以外はまだ誰も、気づいてないんじゃないか」

「異境の匂い……」

「最後の疑問に答えるよ。あんた、急に怪異が視《み》えるようになったって言ってただろう。今日もトンネルの霊が視えていたみたいだし。それはたぶん、まれびとになったのが原因だ」

「………」

「まれびとはしばしば、俺たちが使うような術とは違う特殊能力に目覚めたり、見鬼を得たりすることがある」

夜花はうつむき、唇を噛《か》む。

千歳は元より夜花の返答を期待していないようで、滔々《とうとう》と語る。

「小澄晴は昨日、こう証言したらしい。……自分は先日ある湖に落ち、意識を失って夢を見た。夢で変わった青年から金の杯を受けとり、入っていた水を呑《の》んだと。そのあと、人ではないおかしなものが視えるようになり、不思議な能力が自分に芽生えたようだ、と」

「……………」

「彼女はこうも言った。自分と一緒に湖に落ちた者がいる。名前は明かさなかったが――それは、あんただろう？」

全部、知られている。

そういえば行きの道すがら、夜花が小澄晴の名を出したときに彼は驚かなかった。夜花が晴と同級生であるとは教えていないのに。おそらくすでに調べがついていたからだ。まれびとがどういう存在かわかるまで隠そうと思っていたけれど、無駄な足掻《あが》きだった。

「仮に私がまれびとだったとしたら、社城家は私を、どうするの？」

「別に。言っただろう、社城家は最高の待遇をもってまれびとを丁重に扱う。あんたにはなんの義務も責任も生じない。ただ、社城家を顎で使って贅沢《ぜいたく》でもなんでもすればいい」

夜花は絶句した。

そんなわけがない。怪しすぎる。あの社城家だ。途方もない権力を持ち、ひとたび社城家に睨まれれば、境ヶ淵を追われることすらあるという。

ただまれびとであるというだけで、社城家の築いた財産を湯水のごとく使うのが許されるなんて、とても考えられない。

「それだけ？　絶対になにか、裏があるでしょ？」

思わず詰め寄った夜花に、千歳は困ったように眉尻を下げる。

「いや……まあ、裏もないわけではないけど」

「ほらやっぱり！」

《裏なんてたいしたものではないのです。まれびとの能力で、祭祀《さいし》やら仕事やらを手伝ってもらうだけなのです》

見かねた様子で口を挟んだのは、壱号だ。

《ヘタレのガキが変にもったいぶるから、いらない誤解を生むのです》

「誰がヘタレだ、誰が」

《お前以外にいないのです、このいけ好かない小童《こわっぱ》め》

壱号に睨まれ、千歳は「うるさいな」と顔をしかめた。

「手伝う……ほんとに？　今まで現れたまれびとも、そうだった？」

「もちろん。まれびとは貴重な存在なんだ。だから社城家が神祇官として率先して保護しなきゃいけない。単なる社城家の一方的な都合だよ」

「貴重って？」

「まれびとは術師とは異なる性質の能力を持つことがあるから、狙うやつも多い。ろくでもないやつに捕まったらどこぞに売られたり、人体実験の対象になったりって可能性もある。いわば珍獣みたいなものだ」

「珍獣……」

「でも、社城家の保護を受ければそういうことはない。自由な人生を送っていい。護《まも》り手っていって、術師の護衛はつくけどな。百年ほど前に現れたまれびとは女性だったが、結婚して子どもも産んで、幸せに暮らしていたぞ」

「……信じて、いいの？」

珍獣呼ばわりはどうかと思うが、夜花はほぼ肯定したも同然の言葉を口にする。

出来損ないと呼ばれるのはもううんざりだし、己の境遇に不満はある。とはいえ、贅沢な暮らしをしたいわけではなく、特別になりたいわけでもない。社城家とかかわるのは気後れする。

（でも）

変わりたいと望んだのも夜花自身。この機を逃したら、本当に元の生活に戻るだけになってしまう。

「いきなり社城家を信じろなんて言わない。一枚岩じゃないから、無邪気に信じられても困る。だからまずは、俺が頼るに値するか見てほしかった。ひとりくらい、頼れる人間がいないと先々不安だろ？」

気恥ずかしさからか、千歳は肩に垂らした三つ編みを指で弄びつつ言う。

（……そっか）

その姿を目にして、夜花の中でなにかがすとん、と落ち着いた。

年下の男の子が昨日から最大限に気を回し、赤の他人の夜花にここまでしてくれた。確かに、信頼するのには十分すぎる。

「ありがとう、千歳くん」

「たいしたことじゃない。ただし、あんたがまれびとだってこと、今のところは他に気づいてるやつはいないけど、当主には先に俺のほうから報告しておくべきかも」

「当主……」

社城家の頂点に立ち、その気になれば権力や財力をほしいままにできる人。

もちろん、遠縁でしかない夜花は会ったことも見かけたこともないが、一筋縄ではいかない相手なのは間違いないだろう。

「私はどうすればいい？」

首を傾《かし》げた夜花に、千歳は軽く肩をすくめる。

「まず、誰に対してもあんたのほうからまれびとだとは明かさなくていい。俺が当主にだけ報告しとくから、措置があるまではほっとけ。さっきも言ったけど、社城家は一枚岩じゃない。まれびとは利用価値があるから、やたら名乗り出たら厄介ごとに巻き込まれる可能性が大なんでね」

夜花はこっそり苦い顔になる。

だとすると、今朝、青年に口を滑らせそうになったのはやはりまずかったのだ。危なかった。

「もし気づかれて接触されたら、そのときは堂々としてればいい。当主が睨みを利かせていれば、少なくとも他の連中は下手に手出しできなくなる。基本的には社城家の保護は受けたほうがいいけど、あんたは怖がったり、おもねったりする必要はない」

「わかった」

「あんたの守りにはこのまま壱号をつけとく」

実感はないが、まれびとが狙われる立場なら、やはり守ってくれる者が要る。千歳は昨日からきっちり夜花を守ってくれていたのだ。

「これからもよろしくね、壱号さん」

両の手のひらに壱号を乗せて笑いかけると、壱号は赤い瞳を瞬《まばた》かせ、《仕方ないのです》

とすまし顔をした。

当主への報告は早いほうがいい——千歳は屋敷《やしき》に帰りつくなりそう言って、離れに夜花を置いて母屋に向かった。

（きっと長くかかるよね）

時刻はちょうど正午前。

夜花は松吉に緑茶を入れてもらい、軽食にいなり寿司《ずし》を食べながらリビングでまったりと寛《くつろ》ぐ。扇風機の風が心地いい。冷えた水出しの緑茶の、ほのかな渋みと風味が緊張していた身体《からだ》に沁《し》みこむようだ。

（生き返る……）

平日に学校をサボってぼんやり休むのは罪悪感もあるけれど、こうしていると、ちょっと得した気分でもあった。

「このおいなりさん、美味《おい》しいですね」

「ああ、それは駅前のお寿司屋さんのいなり寿司でね。ぼくの同級生の店なんだけど。お気に入りなんだ」

いなり寿司を絶賛する夜花に、松吉もうれしそうに相好を崩す。

が、そんなのんびりとした空気は、直後、玄関扉が勢いよく開いた音で打ち消された。

「夜花、いるか？」

千歳の声がする。箸を置き、夜花がリビングから玄関のほうへ顔を出すと、申し訳なさそうに眉尻を下げた千歳が立っている。

「千歳くん、どうしたの？」

「ごめん。急なんだけど……当主が今日の午後、あんたを連れてこいって」

「ま、マジ？」

夜花が驚き訊《き》き返せば、

「マジ」

千歳は神妙に首を縦に振った。

まさかこんなにも急に当主に会うことになるとは思っていなかったので、夜花はしばし、思考停止してしまう。

「え、えっと、私、この制服しか服ないんだけど、このままで大丈夫……？　あの、礼儀作法もあんまり自信が」

「いい、いい。大丈夫。気楽にしてな」

「気楽」

だいぶ無理がある。顔色を悪くした夜花に、千歳は「まあまあ」と笑う。

「現当主は信用できるやつだし、堅苦しい感じでもないから」

「嘘《うそ》、だって当主さまだよ。社城家の。堅苦しくないって、どんなよ」

「会えばわかる。たぶんひと目見て納得するよ」

「嘘だあ……」

堅苦しいのが嫌いだなんて、そんないい加減な人物に、名家中の名家である社城の当主が務まるとは思えない。

(でもいったん帰って、よさそうな服をとって帰ってくる時間はないだろうし)

帰宅するとなると、鶴《つる》にも会って状況を説明しなければならない。

だが、顔を合わせたら間違いなく喧嘩《けんか》になるし、当主との面会の前に余計なエネルギーは使いたくないので、できれば後回しにしたかった。

(仕方ないか)

ここは頼っていいと言ってくれた千歳を信じ、思いきって飛び込むしかない。

その後、千歳も交えて昼のティータイムを再開し、皆で空腹を満たし――夜花と千歳はいよいよ正面玄関から母屋に入る。

屋敷の内外は、平日の昼間だからか閑散としていた。午前中に通りかかったときはそれなりに人の気配もあったが、おそらく『まれびとと社城家の者の顔合わせ』とやらが午前のうちに終わったからだろう。

中に入ると、見事な燕尾服《えんびふく》の初老の男性が立っていた。ぴしり、と背筋を伸ばして夜花たちを出迎えた彼は、恭しく礼をする。

「お待ち申し上げておりました。千歳さま、坂木さま」

「家令の斗鬼《とき》だ」

千歳に紹介され、夜花は「坂木夜花です。よろしくお願いします」と会釈した。と、斗鬼は柔らかく目を細める。

「丁寧なご挨拶、恐れ入ります。さっそくご案内いたします」

斗鬼の先導で、磨き抜かれた板張りの廊下を歩く。

使い込まれた木の床は細かな傷も見受けられるが、それがまた味となって古風な屋敷の雰囲気づくりにひと役買っていた。

もはや、この廊下を雑巾でせっせと磨いていた昨日が嘘のようだ。

ただの宴会の手伝い要員でしかなかったのに、今日は社城家が丁重に扱うべきまれびととしてここを歩いている。なんとも不思議な感覚だった。

途中、件《くだん》の池のある庭も視界に入る。

もしあの池に落ちていなかったら。そうしたら千歳とも出会わず、きっと夜花はまればとして見出《みいだ》されていなかった。

目的の部屋に到着し、足を止めた斗鬼が室内に声をかける。

「失礼いたします。旦那さま、千歳さまと坂木さまをお連れしました」

「あー、入れ」

応答した声は、けだるげな深みのあるバリトン。夜花の脳裏に、渋い『イケオジ』のイメージが広がる。

斗鬼の手により襖《ふすま》が引かれ、先に千歳が、夜花も続いてその畳の一室に足を踏み入れた。

そうして、そのやたらと煙たい部屋にすべて納得する。

（ああ、確かにこれは堅苦しいのが苦手な人ね……）

床の間を背にどっかりと座り込んでいる男性は、予想に反することなく『イケオジ』に類する風貌ではある。いや、もしかすると『ちょい悪オヤジ』のほうかもしれない。

乱れ気味の癖毛に、無精ひげの生えた、彫《ほり》が深めの鼻筋の通った顔。まとった着流しはだらしなく崩れている。

だらりとひじ掛けにもたれかかって、ぷかぷかと煙管《キセル》をふかしており、夜花たちが入室しても、体勢をあらためる素振りさえ見せない。

しかし、斗鬼も千歳もそのことについて指摘しない。これが平常運転なのだろうか。

「そこ、適当に座っといて」

斗鬼が外から襖を閉め、室内に三人だけになると、当主はいかにもやる気なさそうに夜花たちに着席を促す。

夜花は遠慮がちに用意された座布団の上に腰を下ろし、千歳は躊躇《ちゅうちょ》なくいきなり座布団の上に胡坐《あぐら》をかいた。

「あー、なんだ。俺が五十三代当主の社城貞左《ていざ》ね。以後よろしく」

そんな自己紹介があるか！　とツッコみたくなるような、極めていい加減な当主の名乗りに、夜花は呆気《あっけ》にとられっぱなしだ。

これが当主とは、やはり騙《だま》されているのでは？　という疑いすら湧いてくる。外見から言動まで、あまりに胡散臭《うさんくさ》い。

「坂木……夜花、です。その、初めまして……？」

「どうも、初めまして。面倒だし、単刀直入に訊くけど」

半開きの眠たそうな目で貞左は眼球だけを動かし、夜花に視線を寄越した。空虚な瞳だ。けだるげであるという以外にはなんの感情も読み取れない。温度のない目だった。

「君、まれびとなんだって？」

肺の奥まで深く煙管をひと吸いし、煙を吐き出す貞左。世間話でもしているかのごとき軽さである。「君、高校生なんだって？」に質問を変えても同じテンションになるだろう。それくらい、どうでもよさそうな訊き方だった。

「はあ、そうみたいです……？」

自覚らしい自覚が怪異が視《み》えるようになったくらいしかない夜花には、そうとしか答えようがない。夜花をまれびとだと言っているのはあくまで千歳ひとりだけ。夜花自身には確かめる術《すべ》がない。

「んー、まあ、言われてみればそんな雰囲気もしないでもない……か？」

貞左は空虚な瞳で、ぼーっと夜花を見つめてから、首を捻《ひね》って言う。

なぜ語尾に疑問符をつけるのか。当主なら社城家がもてなす役目を負うというまれびとについて詳しいはずだし、不安になるのでもっとはっきりと断じてほしいのだが。

夜花の内心を察してか、貞左は億劫《おっくう》そうにのろのろとした動きで頭を掻《か》いて、口を開く。

「俺はさあ、当主としちゃ、劣等生なわけよ。赤点ギリギリ、落第ギリギリ。器じゃないわけ。だから、君くらいかすかなまれびとの気配なんて、まず感知できないの。千歳きゅんのアンテナは高性能すぎ」

「はあ……」

いきなり始まったぼやきに、夜花は反応に困ってしまう。千歳はといえば、呆《あき》れたように半眼になっていた。

いや、千歳『きゅん』などと呼ばれて怒っているのかも。

「ただねえ、千歳きゅんが嘘吐く理由なんてないからさ、ひとまず君もまれびとだってことで俺は認識しとくわ。見たんでしょ、異境と人境のあわいの管理人を」

「異境と人境のあわい……の、管理人？」

「あー、そう、こう、変な木のある変な空間？　で、そこにいる変な格好の男のことなんだけど」

なるほど、夜花の見たあの夢の場所は『異境と人境のあわい』というらしい。そして、あそこにいた青年がその管理人であると。

夜花は理解して、うなずいた。

「見ました。ええと、ずるずるっとした神さまみたいな服装の人で、水が入った金色の杯を差し出してきて……その水を呑《の》んだらどうなるんですか？　って訊いたらまれびとになるって言われて、呑みました」

「うん？　君、管理人に質問したの？」

「はい。しました」

「この水を呑んだらどうなるかって？」

「はい」

なにかいけなかったか、と怯《ひる》みながら夜花が肯定した途端、貞左はぶはっ、と大きく噴き出す。

「あははははは、管理人に大真面目にそんな質問するなんて、わははは、ありえねえー!!　あっひゃっひゃっひゃ！　うえ、ごほ、げほ」

突然、噎《む》せるほどに腹を抱えて笑い出した貞左。咳《せ》きこんでもなお、わはは、と笑い続けている。

夜花は困惑して、隣の千歳にこっそり質問した。

「私、変なこと言ったかな？」

「変なことっていうか、……まあ、変な空間にいる変な男に、真正面から『この水呑んだらどうなるのか』なんて訊くやつ、そういないだろ」

答えつつ、千歳までも堪えきれずに噴き出す。

（そんなに変なことじゃないと思うんだけどな。だって変なものだったら呑むの嫌だし）

そういえば、あの青年も夜花が問うたら意外そうに目を瞬《まばた》かせていた。

貞左はひーひーいいながらひとしきり笑い、しばらくしてどうにか笑いをおさめると、肩で息をして、夜花に向き直る。

「ともかくだ、君はまれびとになった。なったからには、いろんなやつから狙われる。それは聞いてるよね？」

「……はい」

実感がないながらも、夜花は小さくうなずいた。

「できれば、小澄晴さんと同様、君の身柄もうちで保護したい。君にもうちで暮らしてもらう」

千歳の話を聞いたときから、なんとなくこうなる予感はしていた。まれびとを守りたいなら、屋敷《やしき》で保護するのが一番手っ取り早い。素人の夜花でも容易に想像はつく。

夜花は、躊躇《ためら》いなく答えを出した。

「わかりました。お世話になります」

「ふうん？」

あっさりとした簡潔な返事が意外だったのか、貞左は目を瞬かせる。

「……家なんて、雨風をしのげればどこも同じですから」

どこに寝泊まりしても所詮は他人の家。祖母の家だろうが、社城家だろうが、夜花はどうせ間借りするだけの居候で、立場は変わらない。

貞左は夜花の言葉に少し気の毒そうな顔をした。けれど、すぐにまたどうでもよさそうな表情に戻る。

「そ。ちなみに、この母屋と千歳きゅんの離れ、どっちがいい？」

「……千歳くんの家で」

「じゃあ、決まりだ。ただ、君がまれびとであることは、今のうちはまだ伏せておきたい。君の身分は社城家に住み込みで働く、術師見習いってことにしとこう」

貞左の言葉に、夜花の心の中でセンサーがぴくり、と反応する。

「住み込みで、働く？」

「ああ、そんなに重く考えなくていい。この屋敷で暮らして、たまーに千歳きゅんや、序列者たちの仕事を手伝ってもらうだけ。手伝いも、専門的なことじゃなく適当な雑用でいいし」

「なるほど、雑用係というか助手というか……？」

「そうそう。呑みこみが早いね。基本的な護衛──『護《まも》り手』は千歳きゅんに任せるよ」

隣をうかがうと、千歳は腕を組み、「ふむ」となにやら考え込んでいた。

「当主、俺が護り手でいいのか？　自分で言うのもなんだけど、力量不足で俺には荷が重くないか」

ややあって、千歳が顔を上げて問う。貞左は眉を撥《は》ね上げた。

「本気で言ってんの？　千歳きゅんほどの適任はいないでしょー。力量なんて十分だし経験も豊富、かつ、当の序列者たちには侮られてるから、妙な勘ぐりも受けない」

「経験ねぇ……」

千歳はそれきり口を噤《つぐ》む。代わりに、夜花は再び貞左に視線を戻し、発言した。

「質問なんですが、その見習いの仕事って、お給料出るんですか？」

一番大事なのはここである。

夜花は今、学校近くの飲食店でアルバイトをしている。時給は九百五十円、基本週三日、六時間の勤務だ。扶養から抜けないように、と考えてももう少し余裕はあるが、勉強に支障が出るので抑えている。

ああ、と貞左は宙を見つめた。

「さすが、管理人に質問した子は違うね。ええと、君、アルバイトしてるんだっけ。……それだと、うーん、ちょっと困るな。アルバイト中の警護は難しいし、できればうちにいる時間を長くしてほしいからさー。そうだ、今のアルバイト辞めてこっちに来てくれたら、扶養から外れないギリギリいっぱいの額を給金として支払う。これでどう？」

「いいんですか!?」

夜花は思わず、身を乗り出してしまう。

正直、平日の学校終わりに十六時から二十二時まで働き、帰宅してから授業の予習復習をするのは体力的にきつい。それでいて、稼げるのは年に八十万程度。

今のアルバイトにそこまでこだわりがあるわけでもなし、辞めることで年収が上がるならこんなにありがたいことはない。

「ま、こっちからお願いしてることなんでね。君はまれびとだから、最高待遇は当たり前。もちろんうちに生活費も入れなくていいし、仕事量の多寡も君が決めていい。もし働くのが嫌なら金だけ寄越せってのもアリ」

こんな上手《うま》い話があっていいのかと一瞬、疑念が頭をよぎるが、しかし、このまま逃すのはあまりに惜しい。

夜花が葛藤していた時間はごくわずかだった。

「私、その仕事やります！」

「おいおい、そんな簡単に……」

窘《たしな》める千歳の声は遠い。慎重になったほうがいいのは重々承知している。それでも夜花にとってわりのいい仕事は、喉から手が出るほど摑《つか》みたいものなのだ。

なぜなら、たくさんお金を貯《た》めなくてはならないから。

守銭奴でもなんでもいい。高校生のうちにできるかぎりの貯金をしたい。そして早く——自分の足で立つのだ。

「じゃ、決まりだな」

貞左は笑みを湛《たた》えたまま、煙管《キセル》をくわえる。

「千歳きゅん、まれびとさまがこう仰せだ。君にも君のうさちゃんたちにも働いてもらうぞお。これまでのんべんだらりと暮らしてたツケってことで、ひとつよろしく」

「……わかったよ」

大きく息を吐き、あきらめたように千歳はうなずいた。

「さて、この件はこれでおしまい。まれびとさまはちょっと部屋の外で待って、千歳きゅんは残ってねー」

貞左がお開きの旨を告げ、夜花は彼に「これからよろしくお願いします」とだけ言い残し、ほくほくと部屋をあとにする。

はじめはどうなるかと思ったけれど、終わってみればなんでもない。

単に住処《すみか》が変わるだけで済んだうえに、わりのいい仕事も手に入った。夜花からすると、いいことずくめだ。

襖《ふすま》を開けて廊下に出ると、斗鬼が待機していた。

「お話は終わりましたか？」

「はい。千歳くんはもう少しかかりそうですが。……あの、お手洗いをお借りしてもいいですか」

夜花が訊《たず》ねると、斗鬼はうなずく。

「はい、どうぞ。ではわたくしめが、千歳さまに言伝《ことづて》ておきます。場所はおわかりですか？」

「はい。ありがとうございます」

場所は宴会の手伝いで覚えたので問題ない。ここからでも迷わずいけるだろう。

（ささっと行ってこよう）

千歳を待たせては悪い。

夜花は目的地につくなり、手を洗ったり、身だしなみを整えたりと手早く用を済ませて、早々にその場をあとにした。

来た道をひとり戻りながら、夜花は内心で笑ってしまう。

（こういうとき、物語の世界だったら厄介な人にばったり会っちゃったりするんだよね）

そんなことを考えていたからか。

廊下の曲がり角を折れた矢先、前方を、見知った少女が青年と連れ立って歩いている後ろ姿が見えた。

「――小澄さん」

◇◆◇

煙たい和室で、千歳は貞左に向き合う。

夜花をあまり長い時間放っておくわけにもいかないので、「で」とさっそく会話を切り出した。

「なに？　用件は手短にお願いしたいんだけど」

「彼女がまれびとだというなら、君にとっての……救いの鍵になるって認識で間違いない？」

貞左は千歳の要望に応えるように、ずばり、核心をついてくる。

やはりその話だったか。千歳は軽く息を吐き、「さてね」と返した。

「まだわからない。そうだったらいいと思うけど、そうじゃないかもしれない。ただ、可能性は高いと思ってる」

今年、千歳がこの時期にこの屋敷にいたのはまったくの偶然だった。

二十四年に一度、六年間にわたって行われる社城家の『家督継承の儀』。通称『継承戦』と呼ばれるそれは、序列入りしている社城家の若き術師たちが、次期当主の座をかけて争う儀式だ。

七月四日——今年、旧暦で五月末日の前日にあたる昨晩は、序列者たちが屋敷に集い、いわば継承戦の前夜祭とも呼べる宴会が盛大に行われるはずだった。

序列に入る権利を持たない千歳は意図的に、この日、この屋敷に滞在することを避けていたのだが。

（うっかりしてたんだよな……）

今回にかぎって、どういうわけか失念していた。

今年の三月にいつもの放浪から屋敷に戻り、すぐに継承戦の始まる年だと気づいて、また放浪に出かけようとしたが時すでに遅し。

目の前の男に、屋敷に留《とど》まり、宴会に出てほしいなどと無茶ぶりをされ、末席にて参加するはめになった。

次世代を担う序列者たちはまだ若く、千歳の正体を知らない。

三月にひょっこり現れた、序列に入れない落ちこぼれの社城の縁者。彼らの千歳に対する認識はその程度で、昨晩は「なぜお前が宴会にいるのか」という視線がそれはもう、痛かった。

しかし、そうして無理をして宴会に参加した結果、イレギュラーは起こった。

貞左は浮かべていたニヤニヤ笑いを引っ込め、また物憂げな表情に戻って煙管の煙を吸い込む。

「まさか同時に二人のまれびとが現れるとはねえ……前例はないんだろう？」

「俺の知るかぎりでは、ない」

「あーあ、よりによってどうして、俺なんかが当主のときにそんな面倒そうなことが起きたんだか」

貞左の途方に暮れたような声音に、千歳は多少同情する。もし自分が彼の立場だったら、同じようにはた迷惑だと頭を抱えただろうから。

社城家の当主はきっかり二十四年で交代する。就任から十二年後に『継承戦』を行い、残りの十二年のうち六年をかけて次期当主を決め、もう六年で引き継ぎをし、次へとバトンタッチするのだ。

二十四年も当主をすれば、不測の事態にも無論、遭遇する。だが、まれびとが二人同時に現れるなどという異例中の異例は、特に難儀な部類だろう。

千歳がその場に居合わせたのも含め、なにか、人智《じんち》の及ばない作為的なものを感じる。

「まあ、頑張れ」

千歳は適当な励ましの言葉を口にした。

「他人事《ひとごと》だと思って、いけしゃあしゃあと。こうなったら徹底的に君を巻き込んでやろうか」

「……もし、彼女が『鍵』なら、どうせ勝手にそうなる」

目を伏せ、感情を押し隠してから、千歳はまた目線を正面に戻す。

片鱗《へんりん》はすでにある。あのトンネルで、夜花の言葉に従って霊たちの動きが止まったように見えた。あれが彼女の力なのだとしたら、まれびとの中でも普通ではない。

抑え込まないと、蓋が開いてしまいそうだった。期待、希望がいっぱいに詰まった箱の蓋が。もし蓋が開いて、期待や希望が溢《あふ》れ出したらきっと最後に残るのは絶望だ。パンドラの箱とはそっくり真逆に。

（でも、本当に夜花がそうだったら、俺はあの子を利用することになるんだな……）

あの、ごく普通の『いい子』を自分のために利用する。胸に、ちりりと痛みが走った。

いや、今さらだ。胸を痛める資格なんてない。さっきからずっと、自分は夜花をそばに引き留めようとしている。それこそ、利己的な思惑の表れなのだから。

千歳は小さな笑みを貞左に向けた。

「大丈夫、あんたはちゃんと当主できてるよ。だから、この事態も乗り越えられる。息子たちも序列一位と四位で将来有望だし」

「そりゃどーも。で、君の呪いのことはいつ話す？」

「長く隠しておくつもりはない。明日ちょうど新月だし、一緒に暮らしたらバレるのも時間の問題だから」

そろそろいいだろう。千歳は話を打ち切って、立ち上がる。そうして、襖に手をかけて出ていこうとしたとき、貞左がぽつり、と呟《つぶや》いた。

「君の呪い――いや、祝福が無事に解けることを、俺も祈ってるよ」

千歳は彼の言葉を素直に受け取ることにして、振り返って、破顔する。

「ありがとな」

襖を開け、真昼の日差しに照らされた廊下へと千歳は一歩、踏み出した。

三章「乙女心を弄ばれた。呪い、許すまじ」

夜花《よはな》は午後の暑い盛りの田舎道を、千歳《ちとせ》と二人、自転車を押しつつ、ぽつぽつと歩いていた。

遠くの林のほうから蟬《せみ》の鳴き声が聞こえ、あたりに漂うのは土と草の匂い、周囲の田畑は見渡すかぎり青々としている。いかにも、田舎の夏らしい光景だ。

向かっているのは、夜花の祖母の家である。これから社城《やしろ》家で暮らすにあたって、荷物を取りに行く途中だった。

（たった一日なのに、小澄《こすみ》さん、だいぶ印象が変わってたな……）

歩きながら、ついさっき見かけた晴《はれ》の姿を思い出す。

彼女は和装だった。薄物だろうか、爽やかな水色の地に柳と金魚の柄が涼しげな着物をまとい、セミロングの髪を風鈴のモチーフの簪《かんざし》で結って。薄く化粧をしているようで、普段の彼女よりも少し大人っぽく、垢《あか》ぬけて見えた。

瑞李《すいり》といかにも仲睦《むつ》まじそうに、談笑していたのも普段の彼女からすると珍しい。

彼女の変貌ぶりは、金鶏《きんし》憑きのつがいに選ばれたからか、まれびとになったからか。

「夜花、どうかした？」

黙り込んで思案していた夜花の顔を、心配そうに千歳が覗《のぞ》き込んでくる。

年下の男の子に心配をかけてどうする。夜花は自分に呆《あき》れつつ、慌てて首を左右に振った。

「ううん。……そうだ、ごめんね。千歳くんの家に住むって勝手に決めちゃって」

「ああ、そんなこと。かまわないよ。どうせ、俺と松《まつ》だけの寂しい二人暮らしだし。むしろ、あんたのほうが嫌じゃないの？　男しかいない家に住むなんて」

「嫌じゃないよ。千歳くんも松さんも親切だし、おうちの雰囲気も落ち着けるし……」

母屋のほうは広すぎて、住むには大変そうだ。

母と暮らしていたのはアパートだったし、祖母の家も平屋であまり広くはない。小さな家のほうが夜花の性に合っている。とは、失礼なので口にはしないけれど。

「そっか」

でも、口にせずとも、千歳はすべてを見透かすような瞳で微笑《ほほえ》む。

昨日から、気になっていた。彼のまとう空気にどこか大人びた――否、老成したものを感じることが。

朝、青年に嫌みを言われていたときも、まるで子どものわがままを「仕方のない子だな」と苦笑して眺めている大人のような態度だった。

しかしよほどの大物かと思いきや、序列はなし。それどころか、落ちこぼれとさえ呼ばれている始末。

(外見はどう見ても中学生だけど……謎だ)

そうして会話をしながら、暑い中、歩くこと数十分。

二人は、夜花の祖母の家に到着した。自転車を玄関の横に停《と》め、夜花は千歳とともに中に入る。

鶴《つる》はちょうど仏間から出てくるところだった。どうせまた、朝から仏壇の前で過ごしていたのだろう。

「……おばあちゃん、ただいま」

「なんだ、もう帰ってきたのかい」

この言い草である。連絡を入れずに外泊した孫娘の心配など、やはり少しもしていなかったようだ。さっそく嘆息してしまう。

しかし、そんな夜花をよそに、千歳が余裕たっぷりの笑みを湛《たた》え、背後からひょっこりと顔を出した。

「こんにちは。お邪魔します」

「誰だい？　男は社城の人間以外、お断りだよ」

中学生の客人に対しても、鶴は容赦がない。だが、この時ばかりは相手が悪かった。千歳の笑みが深くなったのを見て、夜花は内心「あ、腹黒い」と察する。

「社城千歳といいます、はじめまして」

「……なんだって？」

人の目の色が変わる瞬間、というものを、夜花は初めて目の当たりにした。

いつも孫が帰宅しても立ち上がりもしない鶴が、ぱっと身を翻し、御年七十とは思えないしっかりした足取りでこちらに寄ってくる。

「いくつだい？」

「一応、中学一年です」

「ふうん……序列は？」

「それはまあ、残念ながら」

のらりくらりとした返答をする千歳を、品定めするがごとくまじまじと眺める鶴。異様な光景だが、夜花は恥ずかしくてたまらない。

相手は子どもだ。だが、だからといって礼儀を欠いていいわけではない。祖母の態度は千歳に対してあまりに不躾《ぶしつけ》だった。

「ちょっと、おばあちゃんやめてよ。千歳くんに失礼なこと言うの」

「なんだい。あんた、そのために連れてきたんじゃないのかい。……ちょっと待ってな、今、茶を淹《い》れるから」

夜花の反応などまるで気にせず、鶴は台所に去っていく。夜花はその場に蹲《うずくま》った。

「夜花？」

「ごめん……失礼なおばあちゃんで、本当にごめんね……」

情けなさで涙が出そうだった。こんな身内がいるなんて、恥以外のなにものでもない。

心配そうな声をかけてくる千歳に、夜花は謝ることしかできなかった。

「夜花、大丈夫。俺は気にしてないよ。あのくらい、たいしたことないから」

千歳は柔らかい声で言い、蹲った夜花の丸まった背を、ぽんぽん、と宥《なだ》めるように叩《たた》く。

彼の中学生らしからぬ器の大きさに、ますます泣きそうだ。

鶴に呼ばれ、夜花と千歳は居間のちゃぶ台につく。腰を下ろしてすぐ、夜花は本題を切り出した。

「おばあちゃん。大事な話がある」

「言ってみな」

鶴はさして興味もなさそうに、茶をすすりながら先をうながす。

「――私、社城のお屋敷《やしき》に住むことになったから」

まさに、喜色満面。湯呑《ゆのみ》をちゃぶ台に置いた鶴は、無関心そうな顔から、夜花が今まで見たことのないようなうれしそうな顔になった。

「そうかい。でかしたね、夜花。出来損ないだとばかり思っていたけど、やればできるじゃないか。もちろん反対しないよ」

「……なんか、もっと、ないの？」

鶴がどういう反応をするかなど、わかっていたことだ。孫が家を出ていこうというのに、引き留めたり、理由を聞いたり、行き先が本当に安全な場所なのか確かめたりもしない。

孫を大切に思うのなら、もっと他に言うべきことがあるはずなのに。

「なんかってなんだい。よかったじゃないか、これで将来安泰。あたしの言うとおりにしておいてよかっただろう。のろまなあんたに代わって、きっかけを作ってやったんだ。感謝してほしいね」

膝の上で握った手に、力がこもる。手のひらは力を入れすぎて血の気が引き、冷たくすらあるのに、嫌な汗が滲《にじ》むのを感じた。

（知ってたでしょ、私。おばあちゃんがこういう人だって）

孫の身を案じるどころか、厄介者を追い払えるとばかりに出ていくことを喜ばれる。二年一緒に暮らしても、ついぞ家族にはなれなかったのだ。

「あんた、千歳、だっけ？」

「ああ、はい」

祖母はにこにことうれしそうに、どこか得意げに、千歳のほうを見る。

「このどんくさい孫を頼むよ。それにあんたも、序列に入れるよう努力してくれないと困る。うちのたったひとりの孫をやるんだから。それくらいは心得てるだろ？」

「善処します」

千歳は苦笑を漏らして、うなずいた。

取ってつけたような、孫を思う祖母らしい言葉。下心の透けるにやけ面から発されたそれがあまりに白々しく、それ以上は聞いていられなかった。

夜花は黙って勢いよく立ち上がると、自室に向かう。

積みっぱなしの段ボール箱の脇に置いてあった、やや埃《ほこり》っぽい大きなキャリーケースを取り出して広げ、中に衣類を詰めていく。

もともと衣類を含め、荷物はそう多くない。いらないものは母と暮らしていたアパートを引き払ったときに処分してしまったし、この二年で夜花は物をあまり増やさなかった。

箪笥《たんす》とローテーブルと布団は、この家にあったものだから持ち出す必要はない。

黙々と荷造りをしていくと、持ち物は通学鞄《かばん》とキャリーケース、段ボール二箱におさまった。

「ぎりぎり歩きでも屋敷まで運べそうだけど、面倒だし、車呼ぶか」

夜花が荷物をまとめるのを部屋の出入り口で見守っていた千歳が言う。夜花は苦しまぎれの笑みを浮かべ、彼を振り返った。

「お願いしてもいい？」

「任せときな。忘れ物ないか、よく確認しといて」

「うん」

千歳はポケットからスマホを取り出すと、屋敷に電話をかける。その間、夜花は四畳半の部屋をぐるりと見回した。

はじめから段ボールもそのままで荷解《にほど》きもろくにしていなかった部屋は、荷物をまとめたところでたいした変化はない。これまでも今も、ちっとも馴染《なじ》まないただの『借りた部屋』だ。

「車、すぐ来るって。運ぶの手伝うよ」

電話を終えた千歳がスマホをポケットにしまって、そばに戻ってくる。

「ありがとう」

二人で荷物を持てば、何往復もする必要はない。一度ですべての荷物を玄関先に運ぶことができた。

居間から鶴が顔を出す。

「夜花、しっかりやるんだよ。社城に嫁にいって、あたしに楽させとくれ」

夜花は返事をしなかった。鶴は最後まで自分のことばかり。だったら、夜花だって自分の気持ちを優先させてもいいはずだ。

「車、着いたみたいだ」

その、千歳の言葉が合図だった。夜花は千歳に「わかった」と返すと、鶴に向かって一礼する。

「二年間、お世話になりました。さよなら」

他に言うべきことはない。惜しむ別れもなく、元気で、とか、頑張れ、とか普通の別れ際のやり取りはいっさいしない。

鶴は素っ気ない夜花の態度に、不満そうに鼻を鳴らした。

「千歳くん、行こ」

「ああ」

荷物を抱え、二年過ごした家を後にする。

家出した気分……とは、少し違う。帰るべき家を飛び出すのが家出だけれど、夜花はあの家に帰るべきとは思っていない。

保護者の家を出て本当によかったのかと、わずかに良識の咎《とが》める部分もあるものの、それも祖母への不信感で薄れた。ほかならぬ保護者があの態度では、しかたない。

「夜花。今日の夕飯、なにが食べたい？　蕎麦《そば》？」

車に揺られながら、ぼうっと車窓を流れる景色を眺めていると、ふいに千歳がそんな質問をしてくる。

「なんで蕎麦？」

「引っ越し蕎麦。あーでもあれ、自分で食べるんじゃなく、近所に配るんだったな」

「あの広いお屋敷に近所もなにもなさそう」

「確かに。あの一帯、ほぼ社城の土地だしな。じゃ、夕飯は引っ越し祝いってことで無難に寿司《すし》でもとるか」

千歳が夜花を気遣ってくれているのがわかる。あまり不機嫌そうに振る舞って、彼を困らせるのは夜花の本意ではなかった。

夜花は、ふ、と無理のない範囲で微笑する。

「お寿司、いいね。食べたい。お昼もおいなりさんだったけど」

「そういや、そうか。寿司がだめなら、ピザをとるか、松にカレーを作らせるくらいしかないな……」

眉間にしわを寄せ、難しい表情で考え込む千歳を見て、今度こそ夜花は噴き出した。

どうやら、千歳の家の食事には改善が必要そうである。これまでの人生、母や祖母との二人暮らしで家事とは無縁ではいられなかった夜花だ。上手、といえるほどではないものの、料理の心得はそれなりにある。

(明日から、家事もちゃんとしよう。さすがに松吉《しょうきち》さんに任せきりにするわけにいかないわ)

新しい生活に、ほんの少しだけ期待して、夜花はまた車窓の景色に視線を戻した。

◇◆◇

明け方、夜花は目を覚ました。

あたりはまだ暗いけれど、薄《うっす》ら窓の外が明るくなってきている。枕元のスマホを見ると、まだ午前四時すぎだった。

慣れない部屋の、慣れないベッドではまだ深く眠れない。枕が替わって眠れなくなる性分ではないが、どこかまだ気持ちが高ぶっているのだろう。

ゆっくりと起き上がると、その衣擦《きぬず》れの音に窓辺の壱号《いちごう》が半分、瞼《まぶた》を開ける。が、特に異変がないとわかると、また瞼を閉じた。

昨晩の就寝前、夜花の頭の中では祖母との会話が、幾度も再生されていた。

祖母の家を出たことを、後悔はしていない。ただ、どうしても引っかかるのは「今の夜花の行動を、亡くなった母が見ていたらどう思うか」と考えてしまうからだ。

祖母に不義理をしているのではないか。もっと上手《うま》く関係を築けたのではないか。もっと話し合ったほうがよかったのではないか。

そんなことばかり、ぐるぐると脳内を回っている。

（……眠れない）

これもまた、眠りが浅い一因だろう。夜花はそっとベッドを抜け出し、部屋を出た。

夜花の部屋は二階で、二階には二間ある。もう片方の部屋は千歳の部屋だ。まだ夜も明けきらない時刻、千歳の部屋も階下も静まり返っている。

忍び足で、階段を下りていく。すると、リビングからかすかな物音を聞いた気がした。

（誰か、起きてるのかな）

リビングの出入り口から、ぼんやりとした光が漏れている。照明の煌々《こうこう》とした光ではなく、夜明け近い外の薄明かりだ。カーテンが開いているのだろうか。

不思議に思って光源のほうをのぞいた夜花は、その瞬間、息を呑《の》んだ。

リビングで一番日当たりのいい掃き出し窓。その近くに、見慣れない細長いシルエットの人影が音もなく佇《たたず》んでいた。

（誰……？）

人影は着流し姿で、背が高い。細身だが肩幅があるので、たぶん大人の男性だ。

長い黒髪は艶《つや》やかで、光を白く反射していた。

恐怖は感じない。それどころか、じっと見入ってしまう。夜光と曙光《しょこう》の混じり合う淡い光に照らされたその姿はあまりに神秘的で、美しかった。

人影が、ゆっくりとした動作で背後の夜花を振り返る。その拍子に、鳥居のモチーフの耳飾りが揺れた。

「夜花。早いね」

低く響く声に聞き覚えはない。けれど、そのしゃべり方や夜花を見つめる瞳には覚えがあった。

「……ち、とせ、くん……？」

いや、そんなはずはない。千歳は中学生だ。目の前の男性はおそらく二十代前半から半ば。一夜にして人が十年分も成長するなんて、そんなことが起こるわけがない。

だが、夜花は根拠もなく半ば確信を抱いて、思わずその名を呼んでいた。

青年が目を丸くする。

「すごいな、まさか初見で見破られるとは。なんでわかった？」

彼の仕草はいちいち千歳と同じだった。たとえ兄弟だって、ここまでは似ないはず。

ただ、なぜわかったかと訊《き》かれても上手く答えられない。荒唐無稽な出来事をすんなり呑みこめた理由が、夜花自身にもよくわからないからだ。

「なんとなく……？」

そんな曖昧な返答をした夜花に、青年――千歳は、くすり、と笑った。

「なんとなく、ね。まあ、まれびとに怪異や神秘を見破れないわけないか」

夜花はリビングに入り、千歳の隣に並んで立つ。寝る前は同じくらいだった背丈が、今は千歳のほうがずっと高い。

高い位置にある顔を見上げ、夜花は千歳に問うた。

「というか、なんで、はこっちのセリフだよ。なんでひと晩で大人になってるの？」

「――夜花は、神って、本当にいると思うか？」

質問に質問を返され、しかも脈絡のない急な問いに訝《いぶか》しむ。

「いるんじゃない？　私がまれびとになったのも、社城家があるのも、神さまや怪異が実在するからでしょ？」

「そうだな。なら、神は人にとって、善か、悪か、どちらだと思う？」

神が善か、悪か——。難しい問いだ。

世界の神話には、神々が明確に善悪に分かれているものもある。けれども、この国の神話はそうではない。いくつかの括《くく》りはあっても、善悪では区別されない。

ましてや人にとって善か悪かなど、神々の知ったことではないだろう。

「……どっちでもない」

千歳は、夜花の選択した答えに「俺もそう思う」と返した。そして、濃紺から群青へと変わりゆく空を窓越しに見上げる。

「社城家は立場上、彼らに触れる機会も多いけれど……神は、いつだって気まぐれだ。その時々で人を救いもするし、窮地に陥れもする。たいてい、善意も悪意もなく。……この身体《からだ》はひとつの祝福がかけられ、ひとつの代償を支払っているんだ」

「祝福と、代償？」

千歳はこくり、とうなずいた。

「そのせいで俺は不老不死になり、姿も幼くなった。でも新月の日だけは、こうして元に戻れる」

「待って、不老不死？」

驚くべき単語が飛び出し、夜花は目を剝《む》く。

不老不死といえば文字どおり、年老いず、死なない身体のことだ。古代から世界中の人類が追い求めてきた、生命の究極の境地。追い求めて、追い求めて、しかし実現には至っていない、おとぎ話の代物だと思っていた。

「……ほんとに？」

怪訝《けげん》な気持ちで半眼を向けるが、千歳はどこ吹く風だ。

「本当、本当。これでも夜花より、夜花のばあちゃんより、ずっと長く生きてる。もしよければここで一回、死んでみせようか？　すぐ生き返るよ」

「えっ……や、それは遠慮しとく……」

死んでみせようか、とかいうパワーワードがもう怖い。夜花はドン引きして、激しく首を横に振った。もしや、うなずいたら死体を見せられるのか。想像しただけで寒気がする。

「それは残念」

肩をすくめ、千歳は可笑《おか》しそうに喉を鳴らした。

（あれ？）

彼の笑みに交じるわずかな違和感。愉快そうに笑っているのに、どことなく悲哀や寂《せき》寥《りょう》を含んでいるようで。

そういえば彼はさっき、『元に戻る』ではなく『元に戻れる』と言った。神は人にとっての善悪を意に介さない。ならば『祝福』は、人である千歳にとって真《まこと》に『祝福』なのだろうか。

だが、これでいろいろなことが腑《ふ》に落ちた。

千歳がやけに大人びて見えたのは実際に彼がそれだけの年月を生きているから。祖母よりも長く生きているなら、老成しているのもさもありなん。不老不死について、まだ半信半疑ではあるけれど。

（千歳くん、やっぱり謎な人だな……）

会話が途切れる。二人はしばし沈黙し、夜の明けゆく様子をただ並んで見ていた。

七月六日、土曜日。

この日、夜花は午前十一時からアルバイトの予定が入っていたため、勤務先である駅前のカフェへ向かった。

ちなみに土曜日ということもあり、社城家では昨日の顔合わせに来られなかった序列者たちが、晴に会うためにひっきりなしに屋敷《やしき》を訪れていた。

夜花は社城家の自転車を借り、その隙をこそこそと抜けてきたというわけである。

壱号は器用に夜花の頭の上で昼寝中だ。

「おはようございます」

「あ、おはよう」

「おはようございまーす」

店の裏口から中へ入る。更衣室では、夜花と同じく十一時から勤務の同僚が二人、すでに着替えていた。

二人は地元の女子大学生で、たまにこうしてシフトが一緒になる。

「ねえ、あの話。聞いた?」

話しかけられた夜花は着替えつつ、顔を上げた。

「あの話……ですか?」

「知らない? この間、今井くん、当日に急に欠勤したって」

今井とは、彼女たちと同じ地元の大学に通い、このカフェでも働いている男性だ。夜花も何度か同じ時間に勤務したことがある。

「当日欠勤ですか。具合が悪かったとか？」

「さあ。入りの時間ギリギリに、店長に『休みます』ってメッセージだけ送ってきたらしいわ。そのあと店長が電話をかけたら、話している内容が支離滅裂で会話にならなかったって。それでここ数日ちょっと話題なの」

「へえ……」

確かにそれはなんとも奇妙で気になる話だ。

「坂木《さかき》さんも、欠勤するときは気をつけてね」

「はい」

夜花も、今日きちんと店長にアルバイトを辞す旨を伝えなければならない。その今井の欠勤の件で温厚な店長がナーバスになっていなければいいが、とやや心配になった。

土曜日ということもあり、昼近くになると店内はあっという間に客で満席となった。

夜花の仕事内容は主に給仕に会計、店内の美化で、客の出入りが激しくなると目が回るほど忙しい。

ひと息つく暇もなく働き、ようやく客がはけてきたのは、十四時近くになってから。そこから十七時まで、ゆるゆると仕事をこなして退勤する。

「お疲れさまでしたー」

タイムカードを押したあと、店長にアルバイトを辞めることを伝えてから挨拶をし、店を出る。

すると、ちょうどそこに、一台の国産車が走ってきて停車した。

「お嬢さん、乗ってかない？」

パワーウィンドウから顔を出したのは、圧倒的な美青年だ。艶やかな黒の長髪を緩く三つ編みにし、上は白いサマーニット、下は細身のジーンズで出《い》で立ちも爽やか。妖しげな雰囲気を醸し出し、さながら人を惑わし籠絡する怪異のごとし。

夜花は助手席に乗り込んだ。

「……迎えに来てくれて、ありがとう。千歳くん」

「どういたしまして」

「ところで、ひとつだけ言わせて」

「なに？」

「『お嬢さん、乗ってかない？』はちょっと。おじさんっぽくて、やだ」

せっかく外見は若くて美しい青年だというのに。夜花は唇をへの字に曲げた。

二人はそのまま車で隣の市のショッピングモールまでやってきた。

ここでひとまず夜花の生活に必要なものや、今晩の夕食の食材を仕入れるのが目的である。

土曜のショッピングモールは夕方でもかなり混んでいた。歩きにくい、というほどではないが、ざわざわとした喧騒《けんそう》に満ちている。

問題は、家族連れにカップル、学生——行き交う誰もが、一度は千歳に視線を向けること。

芸能人かと思うほど、大人の千歳はどこへ行っても注目を浴び、いたたまれないといったらない。

皆が千歳に夢中で、隣の夜花にはあまり注意が向かないのは不幸中の幸いか。

「千歳くん、車の運転できるんだね。どうやって免許とったの？」

夜花は雑貨売り場で日用雑貨を物色しながら、問う。

いくら社城家に権力があろうと、中学生の姿の者に運転免許を与えることはできまい。法の曲げ方がダイナミックすぎる。

買い物かごを持った千歳はその問いに、「ああ」となんでもないふうに答えた。

「昔、海外で飛び級して大学まで卒業したんだけど」

「は？」

「そのときに、今日みたいな新月の日を狙って運転免許の試験を受けた。国によってはわりと楽に免許とれるんだよな。こっちみたいに何度も教習所に通う必要もないし」

「はい⁇」

思わずぎょっとして、夜花は後ろの千歳を振り返った。

耳がおかしくなったのかもしれない。彼は今、さらっととんでもない発言をしなかったか。そもそも突飛な情報が多くてすぐに処理できない。

しかし、当の千歳は飄々《ひょうひょう》とした面持ちでセール品のカートをのぞいている。

「待って、ちょっと待って」

「あ、ちなみにパスポートは二種類持ってる。大人のと、子どものと。まあどっちも裏ルートで用意したやつだけど。実は俺、あんまり社城の屋敷にはいなくていろんなところを旅してる期間が長いから、なにかと必要でさ」

「……うん、わかった、もういい。ごめんね」

自分は訊《き》いてはいけないことを訊いてしまったようだ。夜花は深く反省した。まだ世の常識の中で生きる一般人でいたい。

日用雑貨コーナーでの買い物を済ませ、夜花たちは次に食品コーナーを訪れる。

「夕飯、どうする？」

夜花が訊《たず》ねると、千歳は腕を組み、少し考える素振りを見せる。

千歳の家のキッチンは綺麗《きれい》なものだった。千歳は料理全般がからっきしダメ、松吉もサンドイッチとカレーしか作れないというのは本当のようで、これまでは出前をとったり、出来合いのものを買ってきたりしていたらしい。

「正直、出来たてのものならなんでもうれしい」

困ったように千歳が笑う。夜花は「うーん」と野菜売り場に視線をやった。

「出来たてね……でも、私もたいしたものは作れないよ」

「もちろん。手の込んだものは作らなくていいし、毎日料理する必要もない。冷凍食品や出来合いの惣菜《そうざい》だって、最近はかなり充実してるから」

千歳の言うとおり、夜花もそういったものにかなり世話になっていた。

スーパーやコンビニの弁当だと栄養が偏るが、おかずだけ買って家で米を炊き、味噌汁《みそしる》でも作れば、立派に一食になる。ただ、三人前となると買うより作ったほうが、コストパフォーマンスはいいだろうけれど。

「わかった。でも今晩はちゃんと作るよ。夏だから、夏野菜を使ったお料理がいいよね。

調味料はどのくらいある？」

「どうだろう。塩、胡椒《こしょう》とマヨネーズとケチャップくらいしかない気がする」

「じゃ、他に必要な調味料も揃《そろ》えないと」

そうやって次々に商品を買い物かごに入れていくと、かなりの量になった。レジを通し、袋詰めし終われば、二つ持ってきていたエコバッグはすっかりパンパンだ。

その重たい荷物を、千歳は軽々と持ち上げる。

「大丈夫？　重くない？　私もひとつくらい持てるよ」

「いいよ。夜花には帰ったら料理してもらわないといけないからな」

夜花たちが駐車場に出る頃には、稜線《りょうせん》の向こうに日が沈みかけていた。オレンジ色の西日が駐車場に並ぶ車の車体に反射して、まぶしい。

車に乗り込んで、三十分ほど。夜花たちは何事もなく屋敷に到着し、買った荷物を持って家に帰る。

「ただいまー」

「ただいま帰りました！」

「おかえり、二人とも」

にこやかな松吉に迎えられ、三人で協力して手早く買ってきたものを整理すると、夜花はさっそく台所に立った。

「よし！ やるぞ！」

エプロンをかけ、腕まくりをして準備は万全。

今晩は手始めに簡単なものから、夏野菜と豚肉のどんぶりを作る予定で材料も買い揃えた。いつもはレトルトご飯だというので、米もしっかり買ってきてある。

「最初はお米を炊くところから……」

と、夜花は台所を見回して固まった。

（炊飯器がない！）

そんなまさかと整頓された台所をあちこち確認する。

冷蔵庫、電子レンジ、トースター、食洗機……だいたい必要な調理家電は揃っているのに、炊飯器だけがどこを見てもない。

背中に冷たい汗が流れた。

米だけあっても炊飯器がなければ、ご飯にはありつけない。それどころか、どんぶりにしようというのに、白米がなくてどうする。

「夜花、どうかした？」

異変を察知したのか、千歳が台所に顔を出した。

「千歳くん、大変だよ……炊飯器がない」

「え、嘘《うそ》」

やや焦った表情になり、先ほどの夜花と同じように辺りを見回した千歳は、あからさまに「しまった」という顔になる。

「本当だ……ごめん、夜花。俺の確認不足だった」

「ううん。こっちこそ、訊かなかったし」

二人で同時にため息を落とす。けれど、夜花はそこであることに思い当たった。

「あ、そうだ。土鍋ならあるかな？」

「土鍋？　ああ、前に松と鍋をしたときに使った覚えがあるから、あると思う」

鍋を収納している戸棚を開け、中を確認すると、奥のほうに大きめの土鍋をみつけることができた。

「あった！　よかったぁ」

夜花は、ほっと胸を撫《な》で下ろした。これがあれば、炊飯器がなくとも美味《おい》しいご飯が炊ける。

「土鍋で米を炊くのはいいけど、できるか？」

「うん、まあ。一応、叩《たた》きこまれてるからね。……おばあちゃんに」

おばあちゃん、と口にしただけで、複雑な思いが胸の内をよぎる。

二年前、同居を始めたばかりのときに「鍋で米も炊けないのかい」「だらしない」とさんざんに言われながら、鍋で米を炊く手順を仕込まれた。

祖母の暴言に四六時中さらされるのにまだ慣れておらず、たいそう傷ついたし、腹が立ったものだ。鍋で米が炊けなくても、炊飯器が使えれば十分だろうと。

それが、こんなところで役に立つとは思わなかった。

「じゃ、すぐに準備するから、リビングで待ってて」

つい気分が沈みそうになったのを振り払い、夜花は千歳に笑いかける。千歳は微妙な面持ちをしていたものの、うなずいて、台所から出ていった。

その後はいたってつつがなく、食事の準備を進めることができた。

にんにくと醬油《しょうゆ》で味つけした茄子《なす》やピーマンなどの夏野菜と豚肉を炊きたての白米の上にのせ、半熟たまごとミニトマトをトッピングしたどんぶりは、夏にぴったりだ。

千歳にも松吉にも大好評だった。

「美味しかったよ、ごちそうさま」

食事が済み、片付けは任せてほしいと申し出てきた松吉に託して、夜花は千歳とともにリビングでまったりと休む。

「おそまつさまでした」

「俺と松だけだったら絶対に食卓に並ばないメニューだったから、新鮮だった」

律儀にあらたまって感想を述べる千歳に、笑いながら応える。

「大げさだよ、簡単だもん。……どうしたの？」

夜花は妙に真剣な表情をしている千歳に気づき、首を傾《かし》げた。千歳は言いにくそうに視線をさまよわせる。

「大きなお世話だっていうのは、わかってるんだけど」

「うん」

「夜花。……ばあちゃんのこと、本当にあのままでいいのか？」

「…………」

はい、とも、いいえ、とも咄嗟《とっさ》には答えられない。

千歳の指摘に、不思議と腹は立たなかった。夜花の様子をそばで見ていれば、彼には一目瞭然だっただろう。

買い物のとき、なにを買ったら、なにを作ったら鶴が喜ぶか、あの料理は褒められたな、とか、あの料理は下手くそだと言われて一から教わったな、とかつい思い出してしまったし、土鍋でご飯を炊いたときもそう。

祖母との二年間の生活を思い出しては、複雑な——いたたまれないような、後ろめたいような、息苦しさを感じていた。

いつの間にか、鶴との暮らしが当たり前になっていた。きっと馴染《なじ》めないと思っていたのに。

「すぐには、わだかまりを捨てるのは難しいかもしれない。でも、夜花の気持ちが落ち着いたら、もう一度、話してみたら」

「……うん」

このままではいけないのは、自分でもよくわかっている。

もし昨日、同じことを言われていたのなら、きっと激昂《げきこう》していた。しかし現状、夜花の胸の内は凪《な》いでいる。明日や明後日《あさって》は無理でも、もうしばらく経《た》ったら今度こそ、祖母と向き合うべきかもしれない。

「ああ、やだやだ。この姿だとつい、説教くさくなっちゃってだめだ」

ふいに、千歳が重苦しい空気を振り払うように、言いながらソファにもたれかかる。

「もちろん、夜花がもう絶対にばあちゃんと会いたくないっていうなら、そのつもりで協力するよ」

「ううん。私も、このままじゃいけないって思ってたから」

「ならいいけど」

夜花の答えに、千歳は安堵《あんど》の笑みを浮かべた。と、そこで「あ、そうだ」と千歳はズボンのポケットをまさぐる。

取り出したのは、小さなストラップ。

「手、出して。今のうちにわたしておく」

夜花が差し出した手に、ストラップが置かれる。

手のひらにおさまるほどの大きさで、紐《ひも》が赤く、朱色の鳥居の飾りと小さな鈴がついている。神社などに売っていそうである。

「これは……？」

「まあ、念のための小道具ってところかな。鳥居は異境と人境《じんきょう》を隔てる境界。界と界を繋《つな》ぐ門だ。いざというとき、なにかと役に立つ」

「……ストラップでいいの？」

紐を摘まんで少し揺らせば、鈴がちりん、とかわいらしく鳴った。とても、そんな力を秘めた特別なものには見えない。

千歳がむっと唇を尖《とが》らせる。

「ただのストラップじゃない。俺、この姿のときは能力も元に戻るから、ちゃんと今日を見計らって力を付与しておいたんだぞ」

「へえ……なんだかよくわからないけど、ありがとう。これを持ち歩けばいいの？」

「そう。使い方は壱号がわかってるから、任せておけばいい」

自分の名前に反応し、夜花の頭上で眠っていた壱号が目を開ける。このうさぎは、どうやら今までずっと寝ていたらしい。

《なにか用なのです？》

「夜花に鳥居をひとつ預けておいたから、非常時はお前が使えって話」

千歳は、眠たそうにする壱号を呆《あき》れた様子で見遣《みや》る。

《わかったのです》

「おいおい……。大丈夫か」

《小童《こわっぱ》が、生意気なのです。なめるな、なのです》

ふす、ふす、と壱号は鼻を鳴らした。

四章「みんな、世話焼くの好きね」

週明け。すっかり定位置になった頭上に壱号を乗せ、夜花《よはな》は五日ぶりに登校した。

車は使わず、夏の朝の少しひんやりとした空気をたっぷり吸いながら、千歳《ちとせ》とともに徒歩での登校である。

学校が久しぶりすぎて、絶対にからかわれるだろうなと緊張半分、億劫《おっくう》さ半分。足どり軽く、とはなかなかいかない。

「じゃ、帰りは俺が高等部の昇降口まで迎えに行くから」

すっかり中学生に戻った千歳は、相変わらずのバンカラ風で中等部の校舎のほうへ去っていった。

あのバンカラ風の格好、どうやら私服ではなかったらしい。よくよく見たら、学ランは中等部の制服だった。耳飾りや高下駄《たかげた》など、校則に引っかからないのが謎だ。

千歳に手を振り、夜花は己の教室へ。

(できれば、小澄《こすみ》さんと話したいな)

晴《はれ》もまれびとゆえ、社城《やしろ》家の屋敷《やしき》に住んでいる。が、同じ敷地《しきち》内に住んでいるにもかかわらず、金曜日に見かけて以来まったく行き合う機会はない。

日曜は、壱号《いちごう》から伍号《ごごう》までいるゆきうさたちに囲まれ、愛らしい姿に癒《いや》されつつ部屋で勉強をしているうちに過ぎてしまった。

無理に晴と会おうとしてしまうと、序列者に妙な勘繰りをされるかもしれず、おいそれと会いに行けないのも事実だ。

学校なら誰に対しても警戒することなく、普通に会って話せる。

――夜花は晴のことに気をとられ、大きな見落としをしていた。

「坂木《さかき》さん、ちょっといいかしら」

「ひえっ」

教室に入り、自分の席につくなり斜め後ろから、とんでもなく鋭く硬質な声で呼ばれる。

(そうだった……！　なんで忘れてたの、私！)

そう、普段から自分は序列十四位であると誇示し続けている、彼女の存在を。

彼女も社城の人間なのだから、ある程度の事情を把握しているに決まっているし、夜花が術師見習いとして屋敷に出入りすることになったのも知っているだろう。なにがどうしてそうなったのか当然、夜花から聞き出したいはずだ。

振り返るのが怖い。聞こえなかったふりをしたい。が、あいにくこの至近距離。聞こえなかったと言い訳するには無理がある。

「い・い・か・し・ら？　一緒に来てもらっても」

有無を言わせぬ圧を受け、夜花はクラスメイトであり、序列者でもある京那《きょうな》にあえなく連行された。

無言のまま二人で教室を出て、階段を一番上まで昇る。階段を昇りきった先には屋上へと続く扉があるが、平時は施錠されていて生徒は立ち入り禁止だ。

京那は扉の前で立ち止まり、くるりと夜花のほうを向いた。

「それで？」

「……な、なに？」

腕を組み、まなじりを吊《つ》り上げてこちらを睨《にら》む京那に、夜花は腰が引けてしまう。

「どうしてあなたが、見鬼もないあなたが、術師見習いになるのかしら？　あと、なんなの？　その頭の上のちんけな怪異は」

「え、えー……っと」

無意識に目が泳ぐ。しかし、夜花がなにか言うより早く、壱号が頭上で憤慨する。

《失礼な。ちんけではないのです！》

先日、社城家の屋敷前で出会った青年に『埃《ほこり》みたいな怪異』呼ばわりされたときはスルーしていたので今回もそうするかと思いきや、たいそうご立腹だ。

「なによ。ちんけはちんけでしょう。毛玉じゃない」

《毛玉!? 黙って聞いていればこの小娘……許さないのです！ 夜花、戦うのです。ぶちのめすのです！》

「いや、無理だって」

危うく言い争いに巻き込まれそうになった夜花は、即座に拒否する。戦うだの、ぶちのめすだの、見た目は雪うさぎなのに血の気が多い。

「でしょうね。怪異っていうのはこういうのを言うのよ。ほら！」

京那の掛け声とともに、ぐわん、と空間が一回転したような錯覚があった。

ほんの一瞬のことで、平衡感覚がなくなるほどではなかったが、元に戻ったときには彼女のかたわらに先ほどまではいなかった怪異が寄り添っている。

背丈は京那の腰くらいまでしかない。毛で覆われた二本足で立ち、床につくほど長い尻尾がある。身体《からだ》には襤褸《ぼろ》の着物をまとい、頭には破れた笠《かさ》。顔には立派な動物の髭《ひげ》が生えていて、そよそよと揺れていた。

なんだかとても、妖怪画などで見覚えがある類《たぐ》いの怪異である。

《お嬢、なにか御用で？》
その怪異はなぜか江戸っ子のごとき口調で京那に訊《たず》ねる。
「用はないわよ。ただ、お前をそこのちんけな毛玉に見せたかっただけ」
腕を組んでふんぞり返る京那。怪異は己が憑《つ》いている少女の態度に、《へえ……さいで》と困惑したふうに眉尻を下げ、頭を掻《か》く。
すると、壱号が大きくため息をついた。
《どんな強力な怪異を見せられるかと思えば……ただの獺《かわうそ》なのです。小妖怪もいいところなのです》
《ややっ！　それは聞き捨てならねえ。おいらは獺なんてえ名前におさまるような怪異じゃあねえですよ。見てくだせえ、この鋭い爪！　なんでも切り裂きやすぜ。そんでもって、この細なげえ胴体。どう見ても数百年以上の研鑽《けんさん》の末に狐狸《こり》を上回る変化能力を手に入れた――》
《ただの獺なのです》
壱号は容赦なく一刀両断する。
《獺は嘘《うそ》をつくだけの妖怪なのです。それ以上でもそれ以下でもないのです》
はあ、やれやれとでも言いたげな壱号に、獺と断じられた怪異は《お嬢、どうしやしょう》と京那を見上げる。

「カワ太《た》。お前、なにを言い負かされているの!?　お前から舌戦をとったらあとは化かしあいくらいしか残ってないわよ!?」

「カワ太……?」

《カワ太……》

どうやら獺の名前らしい。夜花は微妙な気持ちで、京那を見る。

人様のネーミングセンスに文句をつけるつもりはないけれど、獺のほうがその名前で納得しているかが甚だ疑問だ。彼女のことだから、もっと気取った名前をつけているかと思った。

「な、なによ！　悪い?」

動揺し、頬を赤らめた京那がこちらを睨んでくる。夜花は慌てて首を横に振った。

「ぜ、全然。全然」

「あっそう。で、坂木さん。どうして怪異憑きになれなかった遠縁のあなたが、そんなちんけな毛玉をつれて、術師見習いになんてなったのかしら?」

「そ、それは、ええと」

今度は夜花がうろたえる番だった。

京那はれっきとした序列者だ。下手な言い訳や、その場しのぎの嘘はたぶん通じない。

《うさたちは、気まぐれで一時的に夜花にとり憑いているだけなのです。たいした理由ではないのです》

先に壱号が平然と嘘の言い訳を述べる。夜花は上手《うま》い誤魔化し方を思いつけず、仕方がないので壱号に乗っかることにした。

「そ、そうそう。そうなの。急にね、その、とり憑かれちゃって！」

「あなた、見鬼すらなかったのでは？」

「うっ……それは、えっと。とり憑かれて突然、視《み》えるようになったっていうか。それで術を習ってみないかって当主さまから誘われて！」

苦しい。非常に苦しいが、後半の当主のあたりはほぼ真実に近い。嘘を吐くときは真実を交ぜればいいとよく言うので、これでどうだろう。

すると、案外、怪訝《けげん》そうな面持ちではあったものの京那はそれで引き下がった。

「ふうん。いいわ。じゃあ、この業界初心者のあなたに忠告だけしておく」

京那はそういうと、夜花の横をすれ違い、先に階段を数段下りる。すれ違いざま、彼女が口にしたのは。

「気を抜かないことよ。怪異や術師を、易々《やすやす》と信じないほうがいい。彼らは人を簡単に殺してしまえるんだから。それくらい、危険と隣り合わせよ。術師っていうのは」

珍しく神妙で真っ当な、そんな言葉だった。

「それから、序列六位の宗永鳩之《むねながはとの》にはくれぐれも注意するのね。序列者の中で一番の危険人物よ」


教室に戻ると、登校してきているクラスメイトの人数がぐっと増えていた。

京那からの忠告も気になるところではあるが、夜花にとって、まずはなにより、晴と話すことが優先である。

まれびと、そして金鵄《きんし》憑きのつがいとなった彼女が、社城家でどんな扱いを受けているのか。他にまれびととして、どんな変化があったのかなど。彼女から聞き出したい情報はたくさんある。

ところが、ホームルームの時間が近づいても、彼女はなかなか現れない。

(おかしいな)

金曜日から欠席していたらしい晴も、今日から登校する予定のはずである。

夜花は晴の席があるほうをちょくちょく眺めては時計を見、落ち着かず過ごす。

「夜花。さっきからやけにそわそわして、どうしたの？」

訝《いぶか》しげに隣の知佳《ちか》に訊ねられても、「ちょっとね」と誤魔化すほかない。

そうして——ついに、ホームルームの始まる五分前。にわかに、学校中に激震が走った。

「見て、あれ！　社城家の車じゃない？」

「ねえ、もしかして降りてきたのって」

「嘘、見間違いでしょ？」

「間違いないよ、あの顔は——」

嫌な予感がして、夜花は集まりつつあるクラスメイトの間を縫って窓に近づき、外の校門を見下ろした。

（な、なにしてるの⁉）

校門前に夜花も世話になった社城家の黒塗りの高級車が停《と》まっている。少し離れたところには車から降りて昇降口に向かっているのであろう、人影がひとつ。

——小澄晴だった。

彼女はセミロングの髪を靡《なび》かせて歩いていた。何歩か進んで後ろを振り返り、車に向かって手を振る。と、車内から瑞李《すいり》も手を振り返した。

当然、その様子を眺めているクラスメイトや、外で彼女の近くにいる生徒たちが驚き、どよめく。

「め、目立ちすぎ……」

夜花は思わず、額をおさえて呻《うめ》く。

今どき、社城家直系の者でも校門前に車を横付けで送迎させる、なんて派手なことはしない。自転車か徒歩での登校か、送迎をさせる場合でも駐車場や裏門近くに目立たないように駐車させるのが普通である。

あんな漫画のようなパフォーマンスじみた行為は、百害あって一利なし。誰もが羨むシンデレラガールとなった晴なら、なおさらだ。

（彼女自身、手なんか振っちゃって呑気《のんき》なものだけど……きっと、序列一位さまの意思だよね）

夜花にとっては、いい迷惑である。

これで晴は全校生徒から注目を浴びる。そうしたら、彼女と人目を忍んで内緒話などできない。

下手に晴と行動をともにして、夜花まで詮索されるのはごめんだ。

「小澄さん、社城家の序列一位の人の、婚約者になるんでしょ？」

「ああ、聞いた。絶対ガセだと思ってたのに」

「だってあの小澄さんだよ？　ありえないよね」

クラスの一部の女子がそう噂《うわさ》しているのが、耳に入ってくる。

晴が金鵄憑きのつがいに選ばれたのが木曜で、今日で丸三日以上経《た》っている。田舎で噂が広まるには十分すぎる時間だった。どうやら金鵄憑きのつがい云々《うんぬん》という、多くの人には理解しがたい部分は『婚約者』に置き換わっているようだけれど。

（どうするのよ、今日……）

夜花は頭痛をこらえ、そそくさとその場を離れて席についた。


予想どおり、その日、晴は周囲からの視線を集めに集め続けた。

直接、晴に話しかけにいく生徒は多くない。ただ皆、遠巻きに彼女を眺め、ひそひそと言葉を交わしていた。おかげで、晴が社城家序列一位の瑞李の婚約者に選ばれたという噂は瞬く間に学校中の知るところとなった。

いい空気とは言えないけれど、あれだけ派手なことをすればこうなるのは当たり前だ。

晴はいたたまれなそうに自分の席でひとり、じっとしている。

「いや、衝撃だったね。立久保《たちくぼ》さんは知っていたの？」

授業と授業の間の休憩時、知佳がなんとも軽い調子で、近くの席の京那に水を向ける。

京那は相変わらず、つん、とすました顔をした。

「一昨日の時点で、多少は。けれど、部外者のあなたに教えられることはなにもないわ」

「あ、そ」

口振りからして、京那はある程度の情報を得ていそうである。

ただ、さすがに夜花が関係していることまでは知らないだろう。なにしろあの木曜の夜、選ばれなかった夜花には誰も注目していなかったのだから。

当主の提案からしても、夜花がまれびとであるという事実がしばらく隠されることになるのは間違いない。

「にしても、さすが社城家。徹底した秘密主義な上、女子高生をいきなり婚約者に、なんて正気の沙汰じゃないわ、と知佳はたっぷりの皮肉を込めて肩をすくめる。近くで聞こえていたはずの京那も、それに対して特に反論しなかった。

「まだ高二だし、婚約を考えるには早すぎるよね」

夜花は慎重に相槌《あいづち》を打つ。

「そうそ。十六や十七で結婚の話題なんて早いよ。今の時代、生涯独身を貫く人だってたくさんいるのに。そういえば、夜花もなにも知らないの？」

「私、ただの遠縁だよ？　立久保さんほど本家に近くないし序列にも入ってないし……なにも知らされないよ」

知佳に訊《たず》ねられ、首を横に振った。じと、とした視線を夜花の頭上の壱号に向ける京那には、あえて触れないでおく。

「それもそうかぁ……って、あ！　そうだ！」

急に知佳が大きな声を出し、夜花のほうに身を乗り出してきた。

「な、なに？」

「結婚っていえば恋人、恋人っていえば、って話よ！　夜花、土曜日なにしてたの？」

「え？」

土曜日といえば、夜花がさんざん、大人の姿になった千歳に翻弄され続けた日である。

しかし、まさか大真面目にそう答えるわけにはいかず、夜花は無難に返す。

「バイトに行ってたけど……？」

「夕方にショッピングモール、行かなかった？　隣の市の」

興味津々な目を知佳に向けられ、ぐっと詰まった。

これは完全に尋問の様相だ。知佳は、なんらかの確信を持って夜花を追及している。

夜花はやや仰《の》け反《ぞ》りつつ、おそるおそる首肯する。

「い、行ったけど……どうしたの？」

その瞬間、知佳の瞳が獲物を捕らえる間際の猛獣のように、きらりと光った気がした。

「人づてに聞いたんだけど、夜花、超絶イケメンな大人の男の人と買い物……してたんだって⁉」

バレてる、と夜花は内心で悲鳴を上げ、背筋が冷えていくのを感じる。

どうせ隣の市だし、短時間だから大丈夫だろう——なんて、考えが甘すぎた。千歳との買い物の様子は、知佳の知り合いの誰かにバッチリ見られていたらしい。

「あ、あはは……ええと」

まず笑ってごまかし、話をはぐらかそうと試みる。が、当然、知佳はそのまま流してはくれない。親友は大きく目を見開き、瞬《まばた》きもせずこちらを見つめる。

「や、やだなぁ、知佳。ただの親戚のお兄さんだよ」

「え？　親戚のお兄さん？　つまり、社城家の人ってこと⁉」

墓穴を掘った。夜花は笑顔のまましばし、固まる。

知佳の激しい追及を逃れるのに、その後、大変苦労した。おかしなことを口にすれば、今度は近くの席で耳をそばだてている京那からも指摘が飛んできかねない。どうにかこうにか、社城家がらみではなく、父方の祖母のほうの親戚だと言い張ったものの、どこまで信じてもらえたか、あまり自信はなかった。

「……で、その親戚のお兄さんとやらは、夜花の彼氏ではないわけ？」

「も、もちろん！　私はまだ高校生なんだし、向こうも恋愛対象として見てないだろうから、そんな雰囲気にはならないって」

きっと、たぶん、そう。

確かに千歳はとても格好いい。容姿だけではなく、振る舞いが。夜花をいつもさりげなく気遣ってくれるし、親切だし、それでいて妙に気取ったところもない。

けれど、互いにまだ微妙な距離を感じているのも事実だった。一緒に暮らし始めたとはいっても、まだまだうわべだけの付き合いの域を出ていない、と夜花は思う。

それこそ、たまに会う親戚のお兄さんくらいの立ち位置だ。

「なぁんだ。でも、機会があったら紹介してよ？　超絶イケメンってのがどれほどのもんか、お姉さんが見極めてあげるから」

「お姉さんって……同い年じゃない」

「私のほうが誕生日がちょっと早いからいいの」

したり顔で腕を組む知佳に、夜花は軽く噴き出した。

当然、イケメンへの興味も多少はあるだろうが、知佳は夜花のことをあれこれ心配してくれている。客観的に見て、夜花が少しのボタンのかけ違いで道を踏み外しかねない境遇なのは間違いない。

見知らぬ年上の男性と一緒にいたと聞き、警戒し、心配してくれる友人の存在はありがたかった。

「ありがとね」

「いいってことよ」

知佳は、ふ、と口許を緩ませた。


ついぞ晴と話すタイミングを得られないまま、一日が過ぎた。

移動教室の際など、話しかける機会はないかとうかがっていたものの、彼女は常に通りすがりの生徒たちの注目の的であり、夜花にもその渦中に飛び込む勇気はなかった。

そんな状況が変わったのは、放課後になってから。

夜花が知佳とともに教室を出ようとした、まさにその矢先だった。

「あ、あの……！」

背後から、切羽詰まったような声をかけられて、夜花は足を止めた。

朝に続いて、二度目の『聞かなかったことにしたい案件』だが、周囲の視線がこちらに向くのを感じる。ここで夜花が無視をしたら、夜花が彼女をいじめているととられかねない。

「なに？」

振り返ると予想どおり、すぐ後ろに意を決した表情で晴が立っている。

「その、わたし、坂木さんに話がある……から、あの、一緒にきてくれ、ませんか……？」

晴の口調はしどろもどろで、語尾に近づくにつれて声も小さくなっていく。

（今ここで声かけてくるの⁉）

放課後になったばかりで、教室にはまだクラスメイトが大勢残っている。これではいい見せ物になってしまう。

一瞬、わざと夜花を巻き込もうとしているのかと疑う。

だが、自信なさそうに目を泳がせ始めた彼女に、他意はなさそうだった。ただ、声をかけ慣れていないだけか。

「夜花」

隣の知佳が、興味と心配とを含んだ声で夜花を呼ぶ。

ここでやたら時間をかけて人目につくほうが、のちのち面倒になる。夜花は観念して、うなずいた。

「わかった。じゃあ、小澄さん。場所を変えない？」

「え、あ、うん」

「知佳、先に帰っていいよ」

「了解」

そうして夜花は知佳と別れ、晴とともに廊下に出る。できるかぎり、注がれる視線を気にしないように、夜花は人気のないほうへどんどん進んだ。

「あ、あの、坂木さん。瑞李も来てくれるっていうから、先に合流……してもいい？」

斜め後ろをついてくる晴が、途中、そんなことを言う。

「……いいけど。合流って、どこで？　まさか正門前とか言わないよね……？」

夜花が訊ねると、晴は口を噤《つぐ》んでやや困惑する素振りを見せた。そのまさかだったらしい。

「ご、ごめんなさい！　わたし、こういうの、本当によくわからなくて……瑞李には裏門のほうに来てもらうから、それならいい？」

わたわたと慌てた様子でスマホを取り出し、電話をかける晴。まるきり挙動不審だ。

夜花のほうも一応、千歳に連絡を入れる。スマホのメッセージアプリを開き、晴と話すことになった旨と、場所は裏門近くの人気の少ない場所になるであろうことを手短に入力し、送信した。すぐに既読はつかなかったが、そのうち見てもらえるはずだ。

瑞李への連絡がついたようなので、夜花は晴とともに今度は裏門を目指して歩き出す。

「小澄さんは、社城のお屋敷《やしき》に住むことにしたの？」

移動中、夜花の問いに、晴はどこかほっとした顔で首肯した。

「う、うん。そうなの。瑞李が全部、手配してくれて……」

「よく家族が許可してくれたね」

そう返したのは、単純な興味だった。夜花は両親を亡くし、社城家が大好きな祖母と二人暮らしなので居を移すのもスムーズだったけれど、普通そうはいかないだろう。

一般的な家庭なら、女子高生が急に親元を離れて他人と暮らすといえば、まず難色を示すはず。

(小澄さんの家は、ごくごく一般的な幸せそうな家だった記憶があるし)

親しくはなかったが、晴とは同じ幼稚園の、同じクラスに在籍していた。その頃の記憶を手繰り寄せたかぎりでは、晴の家は両親が揃《そろ》い、愛のある、まったくもって人並みな家庭だったと思う。夜花もまたそうであったように。

「あ……うん。でも、わたしはずっとあの家を出たかったから」

晴の曇った表情が、彼女が家庭になにか問題を抱えていることを物語る。

(意外)

言い方からして、屋敷に移り住む件は、家族より晴本人の意向が尊重されたのだ。

(でも……そっか。そうだよね。現状に満足していたら、夢であの水を呑《の》むことは選ばないのかも)

もしかしたら、そういう葛藤を抱えた人間にこそ、あの異境と人境《じんきょう》のあわいの管理人は選択を迫るのかもしれない。

会話を交わすうち、二人は裏門に到着した。

すでに社城家の自動車がそばに停車しており、そのかたわらに瑞李が立っているのが見える。

彼の姿が視界に入るなり、晴は「瑞李!」と名を呼びながら駆け出した。そうして飛びついた彼女を、瑞李は危なげなくしっかりと受け止め、二人は軽く抱き合う。

まるで長いこと離れ離れになっていた恋人同士のよう。

「あ、俺が最後か」

内心呆《あき》れて立ち尽くしていた夜花の背後から、のんびりとした声がする。振り返ると、千歳が近づいてくるところだった。

「千歳くん」

思わず、夜花は歓喜に目を潤ませてしまう。あの二人と二対一で話すことにならなくて本当によかった、と心の底から安堵《あんど》が湧いてくる。

「メッセージ見て、助っ人《すけっと》が必要かと思って」

「必要！　すっごく必要！　ありがとう」

「ははは。熱烈すぎ」

千歳の得意げな顔が頼もしい。やはり、頼りになる人だ。伊達《だて》に不老不死を自称していない。

夜花は強力な味方を得て、あらためて晴と対峙《たいじ》することになった。

◇◆◇

裏門近くは、人があまり通らない。やや離れた場所にあるグラウンドから部活動に励む生徒たちの声が時折聞こえるが、それだけだ。

晴は夜花と並んでコンクリートの段差に腰を下ろしていた。

瑞李と、夜花の連れだという千歳という少年には、互いの姿が見える範囲で距離をとってもらっている。

(ドキドキする……)

隣の夜花を、横目でちらりと観察する。

先ほど声をかけたときは、あまりにも緊張してろくに言葉が出てこなかった。

晴にとってクラスメイトの坂木夜花は、接点のない――いわゆるスクールカーストにおいて自分より上のほうにいる、軽々しく接点など持てない相手だ。

明るくて、人当たりがよくて。アルバイトもしているらしいのに、テストの成績もいい。なにより、煌《きら》びやかさや派手さはないものの、ぱっと見て不思議と目を引かれるかわいらしい外見。

すべて、晴にはないものである。自分が周囲より飛び抜けて劣っているとは思わないが、彼女には劣等感を抱かざるをえない。

だから、話しかけたくとも、気後れしてなかなか実行には移せずにいた。

(しっかりしなきゃ。わたしは、瑞李の伴侶に選ばれたんだから)

そう、今日からの小澄晴は、誰かに気後れしている場合ではない。

『晴。君は僕の生涯でたったひとりの伴侶。なにがあっても絶対に守ると誓う。だから、堂々と胸を張って。今日この時から、君は誰にも脅かされない』

あの夜、びしょ濡《ぬ》れになって震える晴に、瑞李はそう優しく囁《ささや》いた。

最初は詐欺かなにかかと疑い、意味がわからなくて怖かった。もちろん、この土地に住む者である以上は晴も社城家について知っていたけれど、まれびとだの伴侶だのつがいだの、聞き慣れない単語に翻弄されっぱなしだった。

（わからないなら、わからないままでいい）

晴にはなにもない。安らげるあたたかい家も、寄りかかれる家族も、愛も、ない。けれど、瑞李はそれらをくれると言った。騙《だま》されていてもいい。くれるなら、もらおうと。

たとえ仮初の安息だとしても、救われたかったから。

「……それで、話って？」

夜花も、おそらくは晴の話したい話題には見当がついているのだろう、神妙な面持ちで訊《たず》ねてくる。

「う、うん。じゃ……じゃあ、あの、ずばり訊《き》きたいんだけど」

「うん」

「坂木さんもあの湖に落ちた日……まれびと、に、なったよね？」

思い切って問うと、夜花は口を噤んで考え込む素振りを見せる。

元より、晴は引っ込み思案でコミュニケーションに苦手意識がある。そのせいで、彼女の一挙手一投足に緊張してしまう。なにかまずいことを言ってしまったのではないか、不快感を与えてしまったのではないか。気になって焦って、息苦しい。

「あ、あのね」

不安が溢《あふ》れ、晴は言い連ねる。

「わたし……まれびとの力に目覚めてから、幽霊とか怪異とか……そういうのが視《み》えるようになっちゃって、あの、それは瑞李にちょっと抑えてもらってるんだけど……でも、同じまれびとの気配だけは『ああ、この人は他の人と違う。同類だ』ってわかるの。オーラ、みたいなのが、少し光って視える……でも坂木さん以外はそんなことなくて、だから……」

自分でも、要領を得ない説明になってしまっているのがわかった。もっと、理路整然ときちんとした話し方ができればよかったのに。

夜花は聞いているのかいないのか、なおも黙して思考を巡らせ続けているようだ。

「あの……」

十数秒後、沈黙に耐えられず声を上げた晴に、夜花が「急に黙っちゃってごめん」と小さく笑う。

「――うん。私も、小澄さんと同じように、あの日、あの不思議な場所で水を呑んでまれびとになったよ」

「やっぱり……！」

思ったとおり、夜花もまれびとになったのだ。だとしたら、いくら夜花が社城家の遠縁といえど、急激な変化に戸惑ったり、困ったりしたことがあるはず。

晴は宴会の夜、瑞李と出会ってすべてを教えてもらうまで、己の変化が怖くて不安で堪《たま》らなかった。

「じゃ、じゃあ、坂木さんはどんな力に目覚めたの？　あ、力ってわかる？　わたしは、その、さっき言ったみたいに見鬼？　に目覚めたのと……あとは、動物や植物にかかわる能力みたいで」

つい興奮し、晴は矢継ぎ早に言葉を続けた。しかし、それとは裏腹に夜花はどこか言いにくそうに困り顔になる。

「私は……」

「う、うん」

「私は実は、怪異が視えるようになっただけなんだ。不思議な力とかは、まったく」

「え？」

晴は呆気《あっけ》にとられた。

怪異が視えるようになっただけ。怪異が、視えるだけ。

興奮が、穴の開いた風船のごとく一気にしぼんでいく。こういうのを、拍子抜け、というのだろうか。晴は乗り出しかけていた上半身を、元の位置に無意識に戻す。

怪異を視るくらいは、瑞李たち普通の術師にもできる。けれど、まれびとは術師が持たない特異な能力を得ることがある。だから貴重なのだと、瑞李は教えてくれた。

では、怪異を視る才能、見鬼にしか目覚めなかった夜花は？

（そ……っか……だから、社城家の人たちは坂木さんのことを、なにも……）

宴会の夜、晴と夜花、二人揃っていたにもかかわらず、晴だけがまれびととして社城家に迎え入れられた。のちに、夜花も社城に移り住むことになったとは聞いたが、まれびとではなく術師見習いという扱い。

まれびとであっても、彼女が取るに足らない力しか持たないからだったのだ。

（ううん……怪異が視えるようになっただけでも、怖いに決まってる）

夜花に対し一瞬抱きかけた『がっかり』の気持ちを押し隠し、晴は彼女を見つめる。

「あの、わたしも……怪異が視えるようになったから、だから、なにか、坂木さんの力になれることがあったら」

「うん。ありがとう」

いったん、会話が途切れる。しかし、ややあって今度は夜花が晴に問うてきた。

「小澄さんはこれからどうするつもりなのか、訊いてもいい？」

「どう、って？」

「まれびととして、金鶏憑《つ》きのつがいとして、どうやって生きていくつもりなのかってこと」

真《ま》っ直《す》ぐに強い光を放つ夜花の瞳に居心地の悪さを覚え、晴は足元に視線を落とした。

「わたしは……まだ、なにも決めていなくて。瑞李は、わたしに優しくしてくれる。そばにいて、わたしの全部を、許してくれる。だから一緒にいたい。……でも、伴侶とかつがいとか、そういうのはまだ、実感がないの」

「……………」

「まれびとっていうのも、そう。社城家の行事に協力してほしいって頼まれているから、それには協力するつもりだけど……他のことは、よくわからなくて。能力も全然、使いこなせないし」

まれびと、金鶏憑きのつがい。

ここ数日、幾度も耳にした単語だった。だが、未《いま》だにピンときていない。同じまれびとであろう夜花と話せばなにかわかるかもと期待したものの、ついに答えは出ないまま。

晴は己が生まれ育った家と、家族が大嫌いだった。

あの家族から離れられるなら、なんだってよかった。

そんな晴の気持ちを瑞李はすぐに理解し、晴の願いの全部を許した。伴侶になる決心がつかないことも、なにもかも。

「瑞李は、まれびとやつがいのことがよくわからないなら、ゆっくり理解して、考えてくれればいいって言ってくれたの。だから、わたしは、ちゃんと時間をかけて呑《の》みこんで答えを出そうって……そう、思っていて」

社城家では、皆が晴に優しい。誰も晴の意思を無下にしない。瑞李もそう。

彼は晴に『僕のつがいになってほしい』と請うた。しかし、戸惑う晴を見て、そばにいてくれるなら本当に結婚するかは急いで決めなくていい、と言ってくれた。

だからとことん彼の好意に甘えて、寄りかかってしまうことにした。

「そっか。わかった」

夜花の声が、乾いて聞こえた。

◇◆◇

千歳は夜花が視界に入る位置に立ち、瑞李と相対していた。

(さすが、っていうべきか)

これまで、千歳は序列者たちと距離を置いてきた。

そもそも、彼らからしてみれば、千歳は継承戦に際して急に現れ、離れに隔離されている落ちこぼれ、という認識だ。出来が悪すぎて、母屋に住むことすら許されていないのだと。だから、互いに交流する機会はほぼなかった。

しかし、こうして間近で当代の序列一位を見ると、やはり気配からして普通の術師とは一線を画す。放つ力、存在感。なにもかもが違いすぎた。

(今までの当主たち……いや、金鵄憑きの術師たちと比べても遜色ない。おまけにまればとも手に入れたとなれば、継承戦を続けるまでもなく、次期当主は決まったようなものか)

ただし、致命的になにかが欠けている。そう思わせる危うい雰囲気もあった。

こちらを見る瑞李の視線は空虚だ。目の前の千歳を瞳に映してはいるけれど、さほど興味はなさそうな。

そんな彼が口を開く。

「あの子は、まれびとなのか？」

ちらりと夜花のほうを見遣《みや》りながらの問い。ある程度の確信を持ってのものだろう。初めから、序列一位を相手に隠せるとも思っていなかった。

「だったら？」

「……護《まも》り手に、君では力不足だと思う」

瑞李の口ぶりはばっさりとして、容赦ない。千歳は思わず苦笑いした。けれど、瑞李はかまわず続ける。

「知らないかもしれないけれど、まれびとは特別な力を持つ。序列にさえ影響する可能性があり、常に誰かに狙われる危険を伴う……護り手は、ただ護衛していればいいわけじゃない」

「そうだな」

「君がまれびとを得て、あわよくば序列入りしたいと考えるのは勝手だけれど、それでは危険にさらされる彼女が憐れだと、僕は思う」

ひどく平淡で、感情のこもっていない声だった。憐れだと彼自身が感じているわけではなく、状況から見てそうだろうと機械的に判断しているようだ。プログラミングされた動きをするように。

悪意は感じられない。たぶん、彼なりの善意……があるのかは不明だが、そういった方針に基づいて千歳に忠告している。

千歳を面と向かって力不足と侮り、序列入りしたいに違いない、と決めつけているのも無自覚だろう。

（やれやれ）

瑞李は当主の実の息子。金鶏憑きという栄えある立場に生まれついた息子を、当主も持て余していたであろうことが、目に浮かぶようだ。

感情を押し込めることでしか自我を保てないなら、それは未熟と呼ぶ。

技量と才能は十分でも、瑞李の内面はまだ当主になるには足りなそうだ。

「その忠告、一応、受け取っておくよ」

「忠告じゃない。君がまれびとを守りきれなければ、連鎖的に晴にも被害が及ぶかもしれない。そうならないために、改善を要求してる」

「ああ、そう。じゃ、その要求には応じられないかな」

千歳の返答に、まったくの無表情だった瑞李の眉がわずかに寄る。

「……序列一位から、序列外の者への命令だと言っても？」

「なにを勘違いしているか知らないけど、俺は確かに序列外。ただ、序列に入れないんじゃなく、序列に入る立場にないってだけ」

肩をすくめてみせると、瑞李は意味がわからないと言いたげな、不可解そうな顔になった。

「だから、あんたの命令に従う義理はない」

「………………」

「ってわけで、こっちはこっちでやらせてもらう」

黙した瑞李は今、千歳の言葉の意味を必死に考えているのだろうか。じっと見つめてくるばかりで、反論もしてこない。

日が傾き、校舎の大きな影があたりを暗く呑みこんでいく。近くの電柱に止まったカラスが、かあ、とひと啼《な》きした。

瑞李はそれを合図に、ようやく沈黙を破る。

「もし、君たちのせいで晴になにかあったら、許さない。決して」

「肝に銘じておくよ」

余裕を保ったまま、千歳は瑞李に不敵な笑みを向ける。

とはいえ、千歳にとって彼の指摘が図星なのも確かだった。この身に課せられた祝福という名の、代償という名の呪い。それらは千歳の死を否定し、身体《からだ》を幼くしたばかりか、術師としての能力さえも未熟に逆戻りさせた。つまり、この身体であるかぎり、千歳は半端者のままだ。

（そっか、まあ……そうだよな。このままの俺じゃ、夜花を守りきれないかもしれないんだ）

わかっていたことでも、あらためて他人から指摘されると重く感じる。

永い間、目的もなく生きてきた。誰かを守らねばならない事態もなく、ただ気ままに。

社城家を見守るだけの、さながら土地神のごとく。

けれど、夜花のことはなにがあっても守らなくてはならない。

――千歳自身の、願いのために。

じっとりとした不穏な空気がまとわりつく感覚に、千歳は嘆息した。

◇◆◇

男は、黄昏《たそがれ》どきのトンネルの前で、盛大に「くそが！」と毒づいた。

現在は使われていない、古いトンネル――旧逆矢《さかや》トンネルは、彼の予想に反して綺麗《きれい》に片付いていた。霊の一体もおらず、清められている。

「誰だよ、勝手に掃除したの。全部、台無しなんだけど！」

苛立《いらだ》って、トンネルの内壁を蹴りつける。けれど、己の爪先に鈍い痛みが走るだけで、トンネルはびくともしない。

彼がこの地を離れていたのは、ふた月ほど。

帰ってくるなと言わんばかりに立て続けに地方の仕事を回され、序列者であるにもかかわらず、継承戦の開始にも立ち会えなかった。

しかしそれならと、このトンネルに仕掛けをしておいたのだ。

二か月もあれば上手《うま》く仕掛けが働いて機が熟し、男は強い手駒を得られるはずだった。

トンネルに澱《よど》んだ霊の掃除など、二か月くらい誰も手をつけないだろうと高をくくっていたし、実際、このトンネルは普段なら半年ほどは放置されている。

ところが、このざまである。

男にとっては、あとでひとりで楽しもうとこっそり隠しておいた宝箱を、留守中に勝手に捨てられたようなものだ。

「絶対に許さねー。けど、まあいい。この新しい玩具《おもちゃ》とまれびとで試しに遊んでみるほうが、楽しそうだしな」

くく、と喉を鳴らす。

暇つぶしにとっておいた宝箱は捨てられてしまったが、今は新しく手に入れた玩具で遊んでみたくて仕方がない。新品の玩具をパッケージから取り出すときほど、わくわくする瞬間はない。

男は預かったばかりの古びた黒い匣《はこ》を、手の内で弄んだ。

◇◆◇

学校に、アルバイトに、術師見習いとしての活動に。それから数日の夜花の日常は、多忙を極めた。

カフェのアルバイトは月末で辞める予定で、店長にも了承してもらったし、術師見習いとしてもたいした活動をしているわけではなく、術師についての基本的な知識の学びなおしが主だ。とはいえ、学業も含めて三足の草鞋《わらじ》を履くとなると、普段の何倍も忙しく感じる。

そうして迎えた週末。

夜花は自室でノートと教科書に向かっていた。

「あーもう、知恵熱でそう」
持っていたシャープペンを投げ出し、机に突っ伏す。すると、途端に視界の隅で白い小さな塊たちがもぞもぞと動き出した。
《休んでいる暇はないのです。さっさと予習だの復習だのを終わらせるのです》
《そうなのです、急ぐのです》
《ちんたらするな、なのです》
ゆきうさたちだ。壱号から伍号《ごごう》まで、全員がなぜか夜花の机の上に集まっている。
手のひら大の大福のような白いゆきうさたちは、こうしてたまに夜花を励まし（？）ながら、身を寄せ合って昼寝をしたり、ふわふわ、ころころと転がって遊んだり、自由気ままに過ごしている。なぜか、わざわざ夜花の部屋に集まって。
千歳についていなくていいのかと思うが、呼ばれれば瞬時に移動できるのでかまわないらしい。
《お前の勉強が終わらないと、ゆきうさたちもおやつにありつけないのです》
《そうだそうだ、なのです》
次々と喚《わめ》きたてるゆきうさたちを、夜花はじっとりと睨《にら》んだ。黙って周りにいる分には癒《いや》しになるゆきうさだが、どの個体も揃《そろ》って口うるさいところが玉に瑕《きず》である。

「おやつなら一階にいって、自分たちで勝手に食べればよくない？」

《断るのです》

夜花の提案を真っ向から拒否したのは、壱号だった。

ちなみに、ゆきうさは皆ほとんど外見が同じなので、前脚に結ばれた小さなリボンの色で見分けるしかない。壱号は青である。

「なんでよ？」

《この部屋の居心地がよく、皆、あまり離れたくないのです。真冬の朝の布団の中と同じなのです》

「どんなたとえなの、それ……」

なるほど、真冬の朝の布団の中はそりゃあ離れがたいけれど。

しかし、なぜこの部屋がそんなに居心地がいいのかがわからない。もともとは空き部屋で、ほぼ物置のように使われていたそうだし、特別な部屋ではないはずなのだが。

壱号は面倒くさそうに半眼になり、それきり、理由は話さない。

前に見鬼のことを教えてくれたのは、ただの気まぐれだったのだろう。一週間以上ともに過ごしてみてわかったが、基本的にゆきうさたちは親切ではない。

すぐにへそを曲げるし、口も悪い。なにかあれば『主《あるじ》に言いつける』だ。

その主とやらも、どうやら憑依《ひょうい》対象である千歳を指しているわけではないらしく、またそれも謎だった。

ともかく、集中が切れてしまった夜花は勉強を中断する。そしてそのまま、目付け役の壱号だけを連れて部屋を出た。

一階のリビングへ行くと、松吉《しょうきち》がせっせと掃除機をかけているところだった。

「松《まつ》さん」

「坂木さん。どうかしましたか？」

夜花が声をかけたところ、松吉は掃除機をいったん止めて顔を上げる。

はじめ、夜花は彼のことを『松吉さん』と呼ぼうとしたのだが、本人に松でいいといわれたため、『松さん』と呼ぶことで落ち着いた。

「あ、いえ。たいした用ではないんですが……千歳くんがどこにいるかわかりますか？」

「ああ、千歳なら今ちょっと出ているよ。来月の『夏越しの大祓《おおはらい》』のことで当主さまに呼ばれているらしく」

「夏越しの大祓？」

「社城家では毎年旧暦の七月一日に行っている行事でね。恒例行事なんだけれど、どうやらまれびとが絡むと進行に変更があるとか。詳しくはわからないけれど」

「へえ……」

やはり長い歴史を持つ由緒正しい社城家には、まだまだ遠縁の夜花の知らない面があるようだ。

「あの、松さん」

「なにかな」

「松さんって、千歳くんとは長い付き合いなんですか？」

なんとなく気になったことを訊《たず》ねてみる。松吉が目を瞬《しばたた》かせた。

「そうだね……かなり長くなるね。この家がまだリフォームする前、土蔵だったときからの付き合いだよ。懐かしいな。同じクラスで席が隣になったのがきっかけで」

「え？」

にわかには呑《の》みこめない夜花に、松吉は笑う。

「そんな昔話より、坂木さんは千歳になにか用事が？」

「あ！　そうだった。私、気分転換に少し散歩でも、と思ったんですけど、千歳くんがいないなら無理ですよね……？」

夜花は本来の目的を思い出し、手を打つ。ダメもとで訊《き》いてみたのだが、松吉は「ああ、それなら」と目元を和らげた。

「社城の敷地《しきち》内なら、坂木さんだけで出歩いても問題ないはずだよ」

「本当ですか⁉」

「ええ」

松吉がうなずくのを見て、夜花はさっそく「じゃあ、いってきます！」とスニーカーを履いて玄関から外へ飛び出した。

夜花としても、本当は社城家の敷地内をずっと探検してみたかったのだ。散歩と探検を兼ねられるのなら、これほど都合のいいことはない。

外へ出ると、雲間からの日差しで目が眩《くら》む。

夏物の薄手のワンピースに、こちらも薄手のカーディガンを羽織っただけの軽装だったが、外は蒸していて、それでも暑いくらいだった。

《暑いのです！ ゆきうさの丸焼きになりそうなのです。早くあの部屋に戻るのです》

頭の上では壱号が不満たらたらだ。

「そりゃ、頭の上は直射日光で暑いよ。ポケットの中に入る？」

夜花がカーディガンの小さなポケットを広げてみせると、壱号は頭上から一気にその中へ飛びこんだ。

《気が利くのです。お前は有能なのです》

「あはは。ありがとう」

そのまま、夜花は敷地内を歩いて見て回る。

青々とした和風の庭園と、古びていても趣のある木造の屋敷《やしき》は、いくら見ても飽きない。この一週間でだいぶここでの暮らしにも慣れたし、風景も見慣れたと思ったけれど、あらためて眺めてみると、ただ通り過ぎるのとはやはり違った。

中学のときの修学旅行で見学した、古都の神社仏閣に通ずるところがある。

（静かだな……）

現在、この屋敷に住んでいるのは、当主一家と他の縁者たち、住み込みの使用人が数人。おそらく総勢で二十人いるかいないかくらいである。

通常の家庭に比べれば多いが、この広大な屋敷に住める人数で考えると、少ないほうだろう。静かでも不思議はない。

そして、歩いていると時折、風に乗って鼻腔《びこう》をくすぐる香り。

ほのかに香るその柑橘《かんきつ》に似た匂いのもとも、ようやくわかった。庭のあちらこちらに植えられている、濃い緑色をした厚い葉の低木だ。花はすでに終わりかけのようで、木の下には萎《しな》びた小さな白い花弁が落ちている。

（なんていう木だろう？）

あいにく植物には詳しくないので、その木の名は夜花にはわからない。

気の向くまま、夜花は敷地の隅のほう、屋敷の陰になって日もあまり差していない様子の一角に足を向ける。

そこにも柑橘の香りを漂わせる木が幾本か植えられており、ちょっとした茂みを作っていた。

(あれ?)

茂みのすぐそばに、ひとり、人が佇《たたず》んでいる。

男性らしき後ろ姿だ。なにをしているのかとよくよくうかがうと、彼の足元には小さな石碑のようなものがあった。

石碑というよりは墓標、のほうが近いかもしれない。

ちょうど人の頭ほどの大きさで、風雨にさらされて表面はざらついている。なにか文字も彫り込まれていた形跡があるものの、かすれていて読み取れない。

夜花が石碑に気をとられているうちに、近くに立つ人がこちらを振り向いた。

「お前——」

その声に夜花が視線を上げれば、訝《いぶか》しげにこちらを見る目と目が合う。

「あっ」

その顔には見覚えがあった。

二十前後の長身の美丈夫で、容貌は整っており、野性味がある。……あの、千歳とともにトンネルへ行った日に門の前で遭遇し、千歳に嫌みをぶつけていた青年だった。

思わず声を上げた夜花に、青年——確か、千歳に『果涯《かがい》』と呼ばれていた彼は、軽く舌打ちをする。

「誰かと思えばお前かよ、遠縁の女。なにしに来た」

「な、なにって、ただの散歩ですけど」

夜花の中で目の前の青年は、嫌なやつ、という印象が強く、おのずとつっけんどんな態度をとってしまう。

しかし、内心は心臓が慌ただしく脈打っている。

なにしろ、なんだかんだとこの一週間、千歳や当主、瑞李以外には社城の者と直《じか》に顔を合わせる機会がなかった。つまり、術師見習いという仮の身分を名乗る機会もろくになかったのだ。

「ここの敷地をうろうろしてるってことは、お前が例の術師見習いだったのかよ」

案の定、青年にそう訊ねられた夜花は、慎重に首肯する。

「そう、ですけど」

「なんの用だ、こんなところに」

嫌みっぽい口調ではないが、青年が夜花を怪しんでいるのが察せられた。怪しみ、警戒している。この場所は、安易に近寄ってはいけないところだったのだろうか。

「……ここは、なんなんですか？」

青年は夜花の問いに「そんなことも知らねぇのか」と小さく吐き捨てる。

「見習いごときが、いちいち教えてもらえると思ったら大間違いだ。甘えんな」

ほとんど独り言のように言い、青年はまた、ちっ、と舌打ちをした。

彼の表情や態度に、おちゃらけた雰囲気はいっさいない。それどころか、切羽詰まった負の感情すら感じとれる。憎しみか、怒りか……悲しみか。

それは、己が不老不死であると告げたときの、千歳の雰囲気にもよく似ていた。

青年は左手首の腕時計を見遣《みや》り、再三、舌打ちをする。舌打ちがどうやら癖になっているようだ。

「おい」

「……はあ」

不躾《ぶしつけ》に呼ばれ、夜花は眉をひそめつつ、おざなりな返事をする。

「お前、一緒に来い」

「どこへですか？」

「仕事だっつの。それ以外にあるかよ。見習いならつべこべ言わずに黙ってついてきて雑用でもしとけ」

尊大に顎をしゃくってみせる青年。その仕草が甚だ癪《しゃく》に障り、夜花は頬の筋肉を引きつらせた。

「嫌です」

「あ？　見習いごときが口ごたえすんのか」

青年に眼光鋭く凄《すご》まれ、夜花は一歩、後退《あとずさ》る。が、大股でずんずんと近づいてきた青年に「来い」と腕を引かれ、ついていかざるをえなくなった。

「壱号さん、な、なんとかして……！」

《無理なのです。さしものゆきうさも、ひとりで序列四位とは戦えないのです》

「なにそれ！　お目付け役の意味なくない⁉　というか、序列四位⁉」

夜花は目を剝《む》いて、己の腕を掴《つか》む青年を見上げる。すると、青年に思いきり睨《にら》まれた。

「なんか文句あるか？」

おそらく現当主の近親者で序列十位以内だろうとは予想していたが、思っていたよりも実力者らしい。言動が完全にチンピラだったので、侮っていた。

「だ、だって私、まだあなたの名前すら聞いてませんので！」

夜花もまた、青年を精いっぱい睨む。青年は夜花のその言葉に、やや驚いた表情をした。

「本気で言ってんのかよ」

「なにか、いけませんか？」

「社城の縁者で、術師見習いなのに俺を知らないとか、なにお前。やる気ねぇの？」

あまりに大真面目に偉そうな物言いをする青年に、夜花は憤りとともにもはや絶句するしかない。

青年は信じられない、みたいな顔をしているが、夜花からしてみればそちらのほうが信じられない。とんだ自信家だ。

夜花が二の句を継げずにいると、青年は舌打ちをしてから大きくため息をついた。

「序列四位、社城果涯。ちゃんと覚えとけ、不真面目女」

《ついでに言うと、現当主の次男なのです》

「うるせぇ！　埃《ほこり》が、燃やすぞ！」

「ちょっと、壱号さんのもふもふを燃やしたら、私が許さないから！」

ぎゃあぎゃあと言い合いながら、こうして不本意にも、夜花は青年——果涯の仕事に同行することになった。

五章「あんたの行動、この頃からいちいち冷や冷やするんだよ」

千歳《ちとせ》が母屋で当主との打ち合わせを終え、離れに戻ると、玄関で困り顔をした松吉《しょうきち》と出くわした。

時刻は午前十一時になる少し前。

普段ならばまだ、松吉は掃除や買い出しに精を出している時間である。

「どうした？」

玄関扉が閉じるのと同時に訊《たず》ねた千歳に、松吉は飛びつかんばかりの剣幕で異常を訴えた。

「千歳、大変だ。坂木《さかき》さんが戻ってこないんだ」

「は？」

「十時過ぎに散歩に行ったきり……敷地《しきち》内を散歩してるはずなのに、時間がかかりすぎているから心配で」

「え……」

十時過ぎに出かけたなら、すでに四十分以上経《た》っていることになる。いくら社城《やしろ》の敷地が広大だからといって、散歩にしてはやや長い。

また、千歳がここに戻るまでの間、それらしき姿も見なかった。

ただし、夜花《よはな》につけている壱号《いちごう》から緊急の知らせはない。本当の危機ならば、壱号がゆきうさ同士の意識ネットワークを通じ、他のゆきうさを介して知らせてくるはずだ。

万が一、壱号が滅されて連絡ができないとしても、ネットワークの接続が切れるので他のゆきうさが気づく。

（ってことは、重大な事件が起きた可能性は低いか）

だが、もし夜花が攫《さら》われて、犯人が護衛役である千歳の手の内を熟知していたなら、なんらかの方法でゆきうさのネットワークを封じている可能性もゼロではない。

どちらにしろ、放ってはおけなかった。

千歳は急いで家の中へ入り、階段を上がると、夜花の部屋の扉を開ける。

年頃の少女の部屋に無断で侵入するのは気が咎《とが》めたが、近頃、ゆきうさたちはこの部屋に入り浸っているので、むしろ呼ぶより足を運んだほうが早い。

ところが、そんな後ろめたさは室内を目の当たりにした瞬間、吹き飛んだ。

「うわっ……なんだこれ!?」

仰天して、千歳は声を上げる。

物の少ない、整頓された部屋。隅には未《いま》だ段ボールが積まれており、机の上にはわらわらとゆきうさたちが寄り集まって白い塊になっている。……のは、いいのだが。

室内は驚くほど清浄かつ、神秘的な気に満ちていた。

聖域化している。神たちが好むような、神秘と清らかさで満たされた空間。部屋全体が、さながら神社のようになっている。

「なんで」

自問して、原因などひとつしか考えられないと、千歳はため息を吐く。

「マジか……」

普通の人間が、普通に暮らしていて、部屋が聖域化することなどありえない。当然、部屋が特別なわけでもない。であれば、おそらく夜花のまれびととしての能力がこの状況を生んだのだ。

どうりで、ゆきうさたちがこの部屋に集まりたがるわけである。

ゆきうさは怪異というより精霊と呼ぶべき神の眷属《けんぞく》なので、神社と同じようなこの空間は他の場所より居心地がいいのだろう。

(聖域を作り出すなんて、一流の神職の者でも簡単にできることじゃない)

と、千歳は首を横に振る。

今はそんなことを考えている場合ではない。夜花がまれびととしての力に目覚め始めているならなおさら、千歳の目の届かない場所に長く置いておくわけにはいかなかった。

「ほら！　いくぞ、お前ら」

《いやなのですー！》

《行きたくないのですー！》

「うるさい。夜花になにかあったら、この部屋も元どおりただの部屋になるんだぞ！」

ぶーぶーと不平を鳴らすゆきうさたちを黙らせ、白いもふもふの塊を強引に抱え上げた千歳は、そのまま早足に家を飛び出した。

◇◆◇

果涯《かがい》という青年に強引に仕事に付き合わされることになった夜花は、現在、自動車の助手席に乗せられ、どこかへ向かっている。

果涯のものだという車は、真っ赤で平たい車体をしていた。車には詳しくないが、おそらくはスポーツカーというやつだ。本来、大学生くらいの若輩がほいほい持てるような代物ではないのだろうが、社城家の人間にとっては違うのかもしれない。

そして、夜花が助手席でなにをさせられているかというと。

コミカルで軽快な音とともに、手元のスマホに映ったのは、黒い背景に『男ふたり廃墟《はいきょ》旅』という白抜きの文字。

夜花はなぜか、動画サイトで素人の廃墟探訪動画を見せられていた。

「これ、本当に見なきゃだめですか？」

「だめに決まってるだろ。ガタガタ言わずにさっさと見ろ」

運転席でハンドルを握る果涯にぴしゃりと言われ、夜花は首をすくめる。

（私、廃墟に興味ないんだけどなぁ）

おまけにいかにも登録者数も再生数も少ない、素人感丸出しのチープな動画である。普段だったら、絶対に見ない類《たぐ》いのものだ。

とはいえ、これから向かう仕事に関係があるから見ろと言われれば、一応、見習いの身分である夜花は従わないわけにはいかない。

夜花はいったん停止させた動画を、しぶしぶ再びスタートさせた。

〈はい、どーも！　廃墟旅でーす〉

そんな気の抜けた挨拶とともに、自動車の中らしきところで二人の若い男性が並んで座っている姿が映る。窓の外は暗く、車内のライトを点灯させているので、撮影しているのは夜だろう。

画面下に彼らの通称と思《おぼ》しき、『よっき』『マサ』というテロップが出る。

〈さて、地元のいわくつき廃墟を巡っている我々ですが、今日はですねー……特にすごいですよ！〉

〈まさにスペシャルですね。場所も人も〉

〈そうそう場所も人もね〉

だらだらとしゃべる青年二人を眺めていた夜花は、ふと、首を傾《かし》げた。

（あれ？）

よく見ると、先ほど『よっき』とテロップの出ていた片方の青年に、どこかで見覚えがある。彼らの年齢からして大学生くらいなので、学校ではない。とすると。

「あ！　今井さん！」

ひらめいて思わず声を上げた夜花に、隣の果涯がうるさそうに顔をしかめた。

「今井？　誰だ、そりゃ」

「私と同じところでバイトしてる、大学生の男の人です。この動画の、口数が少ないほうの人。『よっき』？　って名前の！」

「へえ」

続けて動画を見る。

ひと通りの雑談を終えたらしい青年二人は、今井のほうがカメラを持ち、懐中電灯を手に車を降りる。そこで車の外で待機していたと思われるもうひとりと合流した。

ゲストと紹介されたもうひとりは、フーマ、と名乗る霊能者だった。ぶかぶかのパーカーを着てフードを被《かぶ》り、顔に翁《おきな》面をつけた人物で、背は高そうだが、性別や年齢は判然としない。

〈えー、フーマさんはご自身で配信活動もされている霊能系配信者でして、チャンネルのURLは概要欄に――〉

紹介が終わると、さっそく三人は舗装されていない夜の道を歩き出した。山の中なのか、雑木林の中なのか、時折、懐中電灯の光に羽虫が寄ってくる。

彼らが向かっているのは、とある廃村だという。

数十年前に一夜にして焼け落ち、村人がひとりもいなくなったという都市伝説にも似た、いわくつきの廃村のようだ。

ざくざくと足音を立てて進んでいった一行は立ち止まり、懐中電灯で前方を照らした。

〈到着！　フーマさん、なにか感じます？〉

〈……嫌な感じですね。あちらこちらから気配がします〉

霊能者が言葉少なに言うと、二人の青年が息を呑《の》み、マサが大げさに二の腕をさする。

〈ええ!?　ガチですか!?　えっぐ!　鳥肌立ってきた……!〉

〈ゾクゾクすんね〉

〈じゃ、緊張するけど……さっそく見て回りましょう〉

一夜にして焼け落ちたという噂どおり、廃村は焼け焦げ、煤《すす》けた瓦礫《がれき》ばかりだった。

木造の家が多かったのか、真っ黒になった木片などが四角い住居の名残に折り重なっている。また、その崩れた住居跡の多くは、雑草に覆われていた。

時折、割れた茶碗《ちゃわん》などの食器や鏡、焼け残った盥《たらい》や桶《おけ》といった、生活感のある生々しいものが映る。

〈静かで不気味だな〉

カメラを持つ今井がつぶやき、マサがうなずく。

〈もっとゴミとか落書きだらけだと思ったけど、意外とありませんね〜〉

〈人が本能的に寄りつかないんでしょう。ここ、想像以上にまずいかもしれません〉

面でくぐもった声で霊能者が真偽不明のいかにもな発言をし、青年二人はやや本気の交じった様子で慄《おのの》く。

そうして、動画内の三人はある場所にたどり着いた。大きな煤けた石の鳥居がそびえ立つ、神社跡である。

社自体はすでに燃えて原形を留《とど》めていない。しかし、鳥居や石畳があったような形跡、一部燃え残った社の屋根や高欄の残骸などから、そこがそれなりの規模の神社であったことが見てとれる。

三人も気づいたようで、神社だ、神社がある、と興奮気味に騒ぐ。

〈ガチなところじゃん〉

〈やべぇ〉

ところが、異変が起きた。

〈これ、かなりまずいです〉

声を上げたのは、霊能者だった。彼の足元に懐中電灯の光が向くと、そこにはなにやら、黒い匣《はこ》がある。かなり古びて、煤や灰、砂埃《すなぼこり》にまみれているが、螺鈿《らでん》の装飾が施された文箱《ふばこ》のような匣だ。

〈え?〉

〈なんでしょう、箱……昔の小物入れかなにかですかね?〉

青年たちは匣を拾い上げ、カメラを近づける。よくよく匣の外観を撮影したあと、中を映そうとしたのか、匣の蓋を開けようと試みるものの、開かない。

〈おかしいな。蓋がくっついてるのか？〉

〈工具があれば開くかも〉

匣を相手に格闘する青年らをよそに、霊能者はぱっと身を翻した。

〈すみませんが、これ以上は。私は戻ります〉

〈え、ちょ、ちょっと！〉

〈待ってください！〉

慌てる青年たちと、足早に来た道を戻っていく霊能者。カメラは青年たちの動揺を表すように上下左右に大きく揺れた。

〈おい、なんだあれ〉

〈え、あ、火……？　火だ、火が見える〉

〈火の中に、人が……うわあああ！〉

カメラの揺れはおさまらず、状況はさっぱりつかめない。青年たちがどちらからともなく恐慌状態に陥る音声だけが動画から流れてくる。

〈やばい！　やばいって！〉

〈今日はもう帰ろう！〉

どうやら青年たちが走ってその場を去ろうとしたところで、画面が急に切り替わった。車に無事帰りついたらしい青年二人が、まとめの言葉を述べる。後部座席には霊能者の姿もあった。

怖かった、やばかった、などと具体性に欠ける感想をひとしきり述べた青年たちは、

〈チャンネル登録といいね、よろしくお願いします！　ではまた次の動画でー！〉

と締めくくり、画面が暗転してようやく動画が終わる。

夜花は座席に寄りかかり、大きく息を吐き出した。なんとか見終わることができたが、売れない素人の動画を長く見続けるのはつらかった。ショート動画ならまだしも、何度、倍速再生しようと思ったことか。

「見終わったか？」

「はい」

果涯に訊《たず》ねられ、返事をすると、「今回の依頼者はその動画のやかましいほうの男だ」と果涯が言う。マサのことだろう。

「その廃村に行ってから、霊障らしきものがあるそうだ。自業自得だし、気に食わねえが」

夜花は『男ふたり廃墟旅』がアップロードしている、ほかの動画のサムネイルをざっと

確認する。

（あ、このトンネル）

アップロードされている数少ない動画のうち、夜花は見覚えのある場所が映ったサムネイルを発見する。

ぽっかりと真っ黒な大きな口を開けるその古いトンネルは、千歳とともに訪れた、旧逆《さか》矢《や》トンネルだ。

それ以外にも、境《さかい》ヶ《が》淵《ふち》市近隣の有名な心霊スポットを探索している動画がいくつか並ぶ。地元のいわくつき廃墟を巡っているという言葉に嘘《うそ》偽りはないらしい。

「心霊スポットなんて、行ってもろくなことにならないだろうに……」

つい一週間前の旧逆矢トンネルでの出来事を思い出せば、間違っても心霊スポットに行こうとは思えない。彼らが無事だったのが不思議なくらいだ。

夜花が呆《あき》れ交じりに言うと、果涯は「同感だ」と相槌《あいづち》を打つ。

「本当なら自業自得のバカなんぞ助けたかねえが、これも仕事だから仕方ない」

夜花と果涯を乗せた車は、ほどなくして地元の大学近くの、閑静な住宅街に建つアパートに到着した。

白い外壁は傷みと汚れで、ややくすんで見える。外階段は踏板も手すりも塗装が剝がれている箇所があり、全体として汚いとまではいかないものの、年季の入りようがうかがえた。

「三階の角部屋だな」

車を降り、すたすたと長い脚で歩いていく果涯のあとを、夜花はどうにか追いかける。

果涯は目的の部屋前に着くと、少しの躊躇《ためら》いもなく呼び鈴を押した。

鈍い響きの交じった高い音が部屋内に響いているのが、玄関扉越しに聞こえる。物音はない。留守だろうか。

しかし、しばらくするとかすかな足音と人の動く気配がし、

「ど、どちらさま、ですか……？」

と怯《おび》えながら問う男の声が扉の向こうから聞こえてきた。果涯が舌打ちしそうな顔をするのを、夜花は横目で見る。

「社城の者だ。あんたの霊障を見にきた」

ずいぶんと横柄な態度で堂々と答える果涯。すると、ドアチェーンをかけたままゆっくりと扉が開き、隙間からひとりの青年が青ざめた顔をのぞかせた。あの動画に映っていたマサで間違いない。

「ほ、本物の人？　本当に、助けに来てくれたのか？」

「間違いなく人だが、助けるかどうかはてめえの状況しだいだ。この自業自得野郎」

「ひっ」

不良まがいの果涯に怯えた様子で、マサは肩を震わせる。

「おい、早くチェーンを外せ」

「ほ、本当に助けてくれるんだよな？　本当に、本当だよな？」

「だから、状況しだいだっつってんだろうが」

果涯は苛立《いらだ》ちもあらわに盛大な舌打ちをした。その振る舞いがますますマサを怯えさせる。このままでは埒《らち》が明かない。

夜花は一歩前へ出て、マサの視界に入った。

「ちょっといいですか」

「き、君は……？」

「ええと、助手です。あの、ひとまず中へ入れてくれませんか。この人、本物の社城家の人なので大丈夫ですよ」

いたって普通の女子高生である夜花を見て、マサは少し警戒を解いたようだった。彼はいったん扉を閉め、チェーンを外す。

同時に、果涯が玄関扉を強引にめいっぱい開け、ずかずかと中に入っていった。遠慮も礼儀もあったものではない。

「お……お邪魔しまーす」

夜花は一応ことわってから、果涯に続いておそるおそる部屋に上がった。

中はごく一般的な1Kの一室で、キッチン周りも居住空間である洋室も荒れている。ビニール袋に詰め込まれたゴミや、ぐちゃぐちゃの衣類が部屋の隅に固めて放置され、床も壁際などには埃《ほこり》が溜《た》まっていた。

ただ、それが霊障によって生活が乱れたゆえか、あるいは住人の性格ゆえかは、夜花にはわからない。

果涯は不躾《ぶしつけ》に一度、ぐるりと室内を見回してから、仁王立ちで腕を組む。

「で？」

「え？」

「え、じゃねえよ。てめえが依頼してきたんだろうが。霊障ってのは？」

マサは果涯の質問にますます顔色を悪くしつつ、おずおずと口を開いた。

「声が、ずっと……朝も昼も夜もなく聞こえてるんだ。少しの間、聞こえなくなったかな？　と思っても、ふとした瞬間にまた聞こえて。寝ていても夢の中で……たくさんの人が苦しんで呻《うめ》くような声が。それに、この部屋の中でも、人影のようなものが鏡や視界の端をよぎって……」

思い出して恐怖を覚えているのか、マサは身体《からだ》を震わせ、縮こまる。

今の彼に、動画内でテレビのリポーターさながらに明るく、はきはきと話していた面影はない。

「ふうん」

けれども、果涯のほうはといえば、マサの話を聞いてあからさまにつまらなそうな表情になった。

「たいした霊障じゃねえな。そのくらいなら一瞬だ、一瞬」

ぞんざいに言い放つと、果涯はにわかにポケットから数珠を取り出し、それを持った左手を真っ直《ます》ぐ前に突き出す。

「――――」

その姿勢のまま目を閉じ、果涯はごく小さな声でなにかを唱えた。

千歳の例から考えると祝詞《のりと》や経のようなものだろうが、よく聞こえなかった上に、夜花に判別できるほどの知識はない。

ごく短い呪文を唱え、果涯が目を開ける。

「終わったぞ」

同時に、部屋の中の澱《よど》んだ空気が、心なしか軽く清らかになった気がした。

「も、もう終わりですか？」

「ああ。この部屋に満ちていた、死者の念は祓《はら》った。てめえのは霊障は霊障だが、はっきりとした霊体がいたというよりは、あの廃村の残留思念みたいなものがついてきて、てめえの精神に異常をきたしていたっていうほうが正しい」

「そ……そうなんですか……？　でも、フーマさんはあの廃村は本当に怖ろしい場所だって……」

視線を左右にさまよわせるマサを、果涯は鼻で笑う。

「配信系霊能者だか霊能系配信者だか知らねえが、詐欺師か、あるいはたいして力のない霊能者だったんだろ。こっちはプロだ。一緒にされたら困る」

果涯の言葉は横柄にもほどがあるけれど、夜花としてはうなずける部分もあった。

ネット上の自称霊能者を信じる危うさ。それを危ういとも思わない迂闊《うかつ》さ。彼らは一度、ネットリテラシーというものを勉強したほうがいい。

「今ごろ、そのフーマとかいうやつも霊障にあって、自分じゃどうしようもなくなってるんじゃねえか」

「あ、じゃあ、もしかして今井さんも……」

夜花はアルバイトを欠勤しているという今井のことを思い出す。すると、意外そうにマサが夜花のほうを見た。

「君……あいつの知り合い？」

「いえ、知り合いというほどではありませんけど。バイト先が同じで」

そう、と青年は目線を下に落とした。

「あいつもたぶん、困ってると思う。俺は運よく、伝手《つて》をたどってこうしてなんとかしてもらえたけど、普通はあの社城家が霊能一家だなんて知らないし……そもそも、心霊現象なんて信じてなかったし」

「まあ、ですよね」

苦笑いで同意した夜花に、果涯が「もういいか」と声をかけてくる。

「依頼されてないやつの分は、こっちの仕事じゃない。用は済んだ。帰るぞ」

《まだなのです》

ふいに壱号が口を開く。その声は存外よく響き、踵《きびす》を返しかけた果涯は足を止めて、眉をひそめた。

「なんだと？」

《まだ、終わっていないのです。夜花、お前はなにか気づかないのです？》

「え」

頭上の壱号に問われ、夜花は目を瞬《しばた》かせる。

(なにかって……)

なんだろう。部屋の空気が清浄になったのには気づけた。だが、それ以外になんて――。

「うーん。特になにも」

《バカなのです》

「ちょ、シンプルに暴言なんですけど……」

《集中して、周りの空気を感じるのです。今のお前なら気づけるはずなのです》

そもそも、少し前まで素人だった夜花だ。まれびとになり、見鬼を得たからといって急に怪異の気配を感じとれるようになるわけがない……と、思う。

(でも一応)

壱号がそこまで言うなら、やるだけやってみようか。夜花は渋々目を閉じ、神経を研ぎ澄ましてみる。

「あっ」

驚いた。

確かに、清らかな空気の中になにかが引っかかる感覚がある。本当にささやかな違和感で、言われなければ察知できないほどの。

糸どころか、ほんの繊維の一本ほどのかすかな引っかかりを、夜花は慎重にたどる。

途中で何度も見失いそうになりながら、たどり着いた違和感の先には――ぴったりと閉ざされた押し入れがあった。

「あの押し入れ」

夜花は押し入れを指さし、マサを見遣《みや》る。それまでぽかんとしていた彼は驚きからか、身体を揺らした。

「あの中に、なにが入っているんですか？」

「な、なにって……荷物とか、服とか」

「開けるぞ」

マサの反応を見て、問答無用と判断したらしい果涯が、返事を待たずに押し入れを開ける。

「おい、勝手に……！」

マサが待ったをかけるも、もう遅い。

押し入れの中は確かに、段ボール箱や衣装ケースなどの荷物が積まれ、他にも書籍、紙袋に乱雑に詰め込まれた雑貨、冬用の毛布などがおさまっていた。

「ちっ……てめえ、こんなもの隠してやがって、どういうつもりだ」

舌打ちとともに、果涯がずっしりとなにかが詰まった白いビニール袋を取り上げる。その拍子に、袋の中から硬いものが擦れる、鈍い音がした。

「うわ、それ」

夜花にもわかる。ビニール袋から、黒くもやもやとした——おそらく邪気、もしくは怨念などと呼ばれるような、まがまがしいオーラが放たれていた。夜花の感じていた引っかかりの源は、間違いなくそのビニール袋だ。

果涯が袋を突きつけると、マサは気まずそうに目を逸《そ》らす。

「……あ、あとで、す、捨てようと」

「バカか。こんなもん持ってたら霊障があって当たり前、俺の仕事も無駄になるじゃねえか！」

夜花は果涯に近づいて、ビニール袋の中を覗《のぞ》き込んだ。

入っていたのは、見事にがらくたばかり。焦げた小さな木片に、食器や植木鉢のような陶器類の汚れた欠片《かけら》のようなもの。おそらく、あの廃村にあったものだ。

だが、それを目にした途端、夜花は驚いて仰《の》け反《ぞ》った。

まず悲鳴のような、呻きのような、大勢の人の声が聞こえてくる。次いで、火の熱さを肌に感じ、全身が火照り始めた。

（なにこれ……！）

悲鳴を聞くまいと、夜花は咄嗟《とっさ》に耳を塞ぎ、目を瞑《つぶ》ってその場に蹲《うずくま》る。

初めての感覚だった。他人の記憶の断片、何倍かに希釈したがごとき、薄膜に隔たれた五感の情報が奔流となって流れ込んでくる。こめかみに痛みが走り、平衡感覚を失いかけ、とてもではないが立っていられない。

ひとつひとつの情報は軽くても、数が多くて圧倒される。このままでは酔ってしまいそうだ。

「どうした？」

「なにか、感じるのっ。大勢の人の声とか、熱さとか」

果涯に訊《たず》ねられ、夜花は必死に答えるものの、流れ込んでくる五感の情報と自分の五感の情報が混ざり合って上手《うま》く処理できない。

「感じる……？」

《おそらく、思念読取《サイコメトリー》と同種の能力なのです》

訝《いぶか》しげに半眼になった果涯に、壱号が冷静に返す。

「は？　なんだってそんな……くそっ」

果涯は目を丸くし、口にしかけた疑問を引っ込める。そして、苛立《いらだ》った様子でビニール袋を宙にかざした。

「とにかく、こいつを浄化すりゃ全部終わる。よかったな、俺に憑《つ》いてるやつの得意分野で」

利那、袋は鮮やかな赤い炎に包まれた。邪《よこしま》なものは感じられない。清浄な炎だ。けれど。

「だめ！」

夜花は無我夢中で果涯の手から袋を奪い取り、燃やされるのを阻止する。

「おい！　てめえ、なにすんだ」

「これは燃やしてはだめです！」

「あのな、見習いは知らねえかもしれねえけど、火ってのは邪気を祓い、浄化に適してんだよ。いいからわたせ。俺の炎ならすぐ終わる」

違う。果涯は根本的なことがわかっていない。

彼らは苦しんでいる。火に、苦しんでいる。たとえ、清らかな炎だったとしても、彼らは焼かれることを望まない。

夜花は自分でもわけがわからないうちに、衝動に突き動かされていた。

「壱号さん、浄化って別の方法でできないのかな」

《『門』を開いて、異界に還《かえ》せばいいのです。『門』の形を保つための媒体と、お前の霊力があれば可能なのです》

頭上から夜花の手のひらの上にぴょこんと降りてきた壱号の言葉を聞き、夜花は己のスマートフォンを取り出した。

正しくは、そこについている鳥居のストラップを。

「『門』ってこれのこと？」

《然《しか》り、なのです》

いざというとき、必ず持ち歩くものといえばスマートフォン。そこにつけておけば、千歳に持ち歩けと言われたその朱色の鳥居のストラップをどこかに忘れてくることもない。

それがいきなり役に立とうとは。

夜花は袋の中身をすべて床に出し、そのがらくたの山の横に鳥居を置く。隣で果涯がなにやらつぶやいているのが聞こえたが、かまってはいられない。

「壱号さん、お願い」

《――我が主に願いたてまつる。月明かりの導きをもって、異境への道を繋《つな》ぐのです！》

壱号の簡潔な奏上により、鳥居が大きくなったように見え、ぼんやりと光を放ち始める。

《皆、異境に還るのです》

刹那、空気が大きく揺らぐ感覚があった。がらくたから勢いよく思念の奔流がほとばしる。黒く染まった念は一匹の黒い蛇のようになって、宙で渦巻いたかと思えば、大きくうねりながら鳥居の中にどっと吸い込まれていく。

それとともに、夜花の心——いや、魂だろうか。気持ちが門へと惹《ひ》かれていく。

魂が肉体から離れ、ふわりと浮き上がり、思念のうねりと一緒に鳥居の向こうへと引っ張られた。

(すごい。魂だけってこんな感じなんだ。こんなに、身軽なんだ)

鳥居の向こうに見えるぼんやりとした光はどこか懐かしく、温かく、そこへ行きたいと本能が訴えてくる。

夜花は目を閉じた。

家が見えた。あれは、まだ父が生きていた頃に家族三人で住んでいた家だ。

白い屋根が可愛《かわい》らしい、二階建ての中古の家。薄《うっす》らと覚えている。あの家の庭には、桃の木が植えられていた。まだ細くてか弱い、小さな木が。

父が生前よく言っていた。夜花が生まれたときに、一緒に大きく成長するように桃の苗木を植えたのだと。

『桃、いつ食べられるの？』

幼い夜花がそう訊《き》いたとき、父は朗らかに笑った。

『夜花がもっと大きくなって、お姉さんになる頃だな』

くしゃくしゃと頭を撫《な》でてくれた父の大きな手は、とても優しかった。

その庭で、夏には手持ち花火で遊んだし、冬には雪遊びをした。

家の中にも思い出が詰まっていた。ひどく叱られたときに夜花がよく隠れた押し入れ。父が頭をぶつけたリビングの扉。母が洗濯物を干していた二階のベランダ。数えだしたらきりがないくらいに。

『お父さん、帰ってこないの？』

ある日、出張のために車で隣県に向かっていた父は峠道で単独事故を起こし、死んだ。

呆然《ぼうぜん》とする母の、紙みたいに真っ白な顔は忘れられない。

『今日からね、ここがお母さんと夜花のおうちよ』

『……うん』

あの三人の家にはもう住めないのか、とは幼心にも訊けなくて、うなずくしかなかった。

新しく住み始めたアパートは少し古く、狭くて。あの広い家と、優しくて大きな手を失ったことを否《いや》が応《おう》でも思い知らされる日々だった。

小学校からの帰り道、あの家に寄り道をしたことがある。

かつて、夜花が家族三人で住んでいた家には、知らない家族が住んでいた。

庭の花に水をやる母親と、その母親に元気よく「ただいま!」と告げる、夜花よりいくつか年上の子ども。母親が「今日の夕ご飯は、パパのリクエストでカレーだよ」と言い、子どもが「やったあ」と答えて笑い合う。

庭にはもう、桃の木はなかった。

その後、どうやってアパートに帰ったか、よく覚えていない。ただあの日、心のどこかでなにかが壊れた気がした。

中学三年生のとき、母が死んだ。病気だった。

夜花を養うため、働き続けた母は、健康診断を先延ばしにしていたらしい。病気を発見したときにはすでに手遅れで、入院してから動けなくなるまであっという間だった。

ひとりのアパートは、それまで以上に空虚で。

母が入院したとき、母の死を予感して、ここも自分の家でなくなるかもしれないと思ったら、七年ほど住んできたアパートも急に他人の家のようによそよそしく感じられた。

夜花が出て行ったら、この部屋もまた、違う人が住む。

ここも、夜花の居場所ではない。夜花の帰りを待ち続けてくれる場所ではないのだ。

亡くなった母の遺品をすべて片付け、自分の荷物もまとめ終わったアパートの一室は、本当に、ただの他人の家でしかなかった。

祖母の家に移り住んでからは、荷解《にほど》きもせず、できるかぎり家に自分の痕跡を残さないように暮らした。どうせ、ここも夜花の帰る場所にはなりえない。これまでの経験に加え、祖母の態度を見ていれば、その気持ちはますます強くなった。

仏壇の前に座ってばかりいる鶴《つる》の目には、先に逝ってしまった家族しか映っていない。

祖母の家も所詮は一時、間借りして世話になるだけの、雨風をしのぐ寝床。そこを自分の住みよいように整えるのももはや億劫《おっくう》だった。どうせ数年で出ていくのだから。

(私って、結局……なんなんだろう)

走馬灯のごとく流れゆく、断片的な己の記憶を眺めていた夜花は、ぼんやり思う。

家と家族を失い続けた夜花には、土台や根底というものがない。足元はいつも不安定に揺らぎ、なにかのきっかけで崩れそうだ。愛着、執着……なにもない。

——もう、いいのではないだろうか。

金銭を稼ぐと、少しは安心できた。学業を頑張れば、将来はどこかに自分の居場所を見つけられる気がした。まれびとだと言われて、なにかが変わると思った。早く自立すれば、自分の足で、自分の稼ぎで生きていけるようになれば、この不安定な土台も確固たるものになると信じた。

でも、そんなことをああだこうだ考え、苦しい思いをして頑張るより、あの鳥居の――門の向こうにいけば、手っ取り早く楽になれる。楽に、なりたい。

鳥居から漏れ出る光に手を伸ばす。もう少しで、届く。

本能が急《せ》かすままに、夜花は魂ひとつで門の向こうの異境へと真《ま》っ直《す》ぐに流れていく。

――ああ、やっと楽になれる。

神秘の世界だという異境は、きっと美しく、暖かな楽園に違いない。亡くなった人々の強い怨念すら、あの門から放たれる光で浄化されていくのだから。

瞼《まぶた》を下ろし、流れに身を委ねる。けれど、その瞬間、声が聞こえた。

「夜花！　まだだ。あんたがそっちに行くのは、まだ早い！」

それと同時に、魂か身体《からだ》か、ぐん、と後ろに強く引っ張られる感じがして、一気に門が遠ざかり、見えなくなった。

閉じていた瞼を押し上げ、夜花は目を瞬《しばたた》かせる。

「あれ……私、どうして」

身体がひどく重い。身軽だった魂だけのときと比べ、ずっしりとした肉体の重みを意識してしまう。

しばし呆然として、ゆっくりと正気に戻ると、怒りを滲《にじ》ませた千歳が目に入った。

「千歳くん？」

「バカ夜花！　なんで門に引《ひ》っ張られてるんだよ」

千歳は形のいい眉と目尻を吊り上げ、座り込んでいる夜花の両手を強く握る。

まだ夢見心地だった夜花だけれど、千歳のあまりの剣幕に、徐々に意識が現実へと戻ってくる。

「ご……ごめん」

「ごめん、じゃない！　どれだけ危ないことしたか、わかってるのか!?　あのまま門の向こうに行ってたら、二度とこっちに戻れなかったかもしれないんだぞ」

わかっていた。あのとき、急に頭の中がクリアになっていろんなことを感じとっていたから、門をくぐったら最後、もうこちらには戻れないと。

でも、それでもいいと思ってしまったのだ。

言葉にしなくても、夜花の内心を察したように、千歳は悲しげに表情を歪《ゆが》める。

「バカ」

「うん、ごめんね」

「……俺は、あんたがいなくなったら嫌だよ」

「………………」

「俺たち、一緒に歩き出したばっかりだろ。これからまだ、あんたはもっと変われるし、あんたを必要とする人も現れる。だから、あっちへ行くのはもう少し先じゃだめか？」

「……そう、だね。本当に、ごめんね」

千歳からしたら、夜花は自殺しようとしたに等しいのだと、だんだん理解できてくる。そんなつもりはなかったけれど、状況を見ればそうなってしまう。

確かに、まだ千歳とは知り合ったばかりだし、まれびとにもなったばかりだ。将来を悲観するには、まだ早いのかもしれない。

いつ死んでも平気だとは漠然と思っていたけれど、今すぐ死にたいとは思っていないから。

「止めてくれて、ありがとう。千歳くん」

「……わかればいい」

顔を背けた千歳の声は、どこか震えていた。

あらためて周囲を見回すと、状況を理解できずに呆《ほう》けているマサと、不機嫌そうに眉を顰《ひそ》めて立っている果涯が目に入った。

《ともかく、がらくたに染みついていた霊と念は、すべて異境に還《かえ》ったのです。一件落着なのです》

夜花の膝の上で、仕切り直すように壱号が言う。

「そっか。ありがとう、壱号さんも」

《そこのガキのついでなのが気に食わないのですが、許すのです。たいしたことではないのです》

鼻を鳴らし、得意げにすまし顔をする壱号に、夜花は少し笑った。

「えーと、なんだかよくわからないけど、解決したってことでいいんですか……？　ていうか、唐突に入ってきたその中学生は誰？」

なにがどうなったのか、見鬼がないためになにもわからなかったであろうマサは、心《こころ》許《もと》なげに視線を果涯へと向ける。

果涯は腕を組み、しかめ面のまま一度、舌打ちをした。

「詮索すんな。霊障の原因はすべて祓《はら》った。依頼された分の仕事は終わりだ。依頼料は事前に指定した口座に振り込んでおけ。踏み倒したら、こっちのやり方で取り立てるからな」

マサに向かって言い放ち、果涯は踵《きびす》を返しつつ、夜花と千歳のほうを見遣《みや》って顎をしゃくる。

これは、『表に出ろ』という意味だろう。

今回の件、夜花は横からしゃしゃり出て果涯の面目をつぶしたばかりか、事態を大きくしかけた。おまけに、彼は千歳を嫌っている。これからこっぴどく詰《なじ》られるに違いない。

アパートを出て、車を停《と》めているあたりまで来ると、果涯は足を止めた。

「おい、落ちこぼれ。てめえは席を外せ」

「断る」

飄々《ひょうひょう》とした態度ではあるが、頑《かたく》なさの滲む口調で千歳が返す。その小さな背に、夜花を庇《かば》いながら。

「俺をのけ者にして、夜花になにをしようとしてるのかな、果涯」

「邪推すんな、雑魚《ざこ》が。ただの会話だっつの」

果涯はイライラと舌打ちをする。それを見て、夜花は千歳の肩を叩《たた》いた。

「千歳くん。大丈夫だから」

「けど、たぶんあんたの正体、さっきのでバレたぞ」

「うん。でも、変なことする人じゃないと思う。だから、少し話させて。あ、それと――」

渋々、夜花と果涯から距離をとる千歳に、夜花は声をかける。

「迎えに来てくれて、ありがとう」

おそらく、当主との打ち合わせを終えてすぐ、どうやってか夜花の位置を特定し、急いで追いかけてきてくれたのはわかる。

彼が夜花に、どうしてそこまでしてくれるのかは、わからないけれど。

あらためて、果涯と向き合った。彼はこちらを鋭く見下ろしてくる。

「お前、何者だ？」

「…………」

「いや、この質問は適切じゃねえな。――お前、もしかしてまれびとか？」

夜花は、ぐっと手に力を入れ、果涯の目を見つめ返した。予想どおりの問い。動揺も、迷いもない。

『もし気づかれて接触されたら、そのときは堂々としてればいい』

果涯のほうから夜花がまれびとだと気づいて接触してきたわけではないが、状況的には千歳に教えてもらったとおりにすれば問題ない。

「はい。そうみたいです」

果涯の視線がますます鋭利になり、夜花を観察しているのがわかる。

最初は彼のことを、千歳を一方的に貶《けな》す嫌みな男だと思っていたけれど、行動をともにしてみてわかった。やはり序列四位は伊達《だて》ではない。夜花がまれびとだと知っても、一喜一憂するでもなく、冷静に物事を見極めようとしている。

「そのこと、親父《おやじ》……当主は？」

しばしの沈黙ののち、果涯はゆっくりと夜花に問う。

「知ってます」

「じゃあ、あの落ちこぼれもグルか？」

果涯の視線が、ちらりと離れた場所に立つ千歳を見遣る。

呼び方は気に入らないが、答えは是だ。顔をしかめてうなずいた夜花に、果涯は嘆息した。

「………」

「ったく、なにがどうなってんだ。まれびとが二人なんて聞いたことねえぞ」

「が、はっきりしてることもある」

果涯は独り言《ご》ちると、夜花に顔を近づけ、真っ直ぐに目線を合わせてきた。

「気をつけろよ。まれびとは不幸になる。あの落ちこぼれも、まれびとを使って序列入りを狙ってる。いや、序列入りだけじゃない。なにか企《たくら》んでるのはまず間違いない」

「なっ、失礼な！　なんの根拠があってそんなこと言うんですか」

あまりにもあんまりな言い草ではないか。千歳がとんでもない悪人であるかのような。

「序列に入れない落ちこぼれが、まれびとの世話なんて身の丈に合わないことをしてんだ。裏があるに決まってるだろ。社城《うち》はそういうところなんだよ」

「そ……っ」

そんなはずはない、という言葉がなめらかに出てこず、夜花は口を噤《つぐ》む。

ついさっき、自分はなにを思った？　なぜ、千歳がここまで夜花を大切にしてくれるのか、疑問に思わなかったか。

(千歳くんが、私をなにかに利用しようとしてる？)

彼は初めから夜花に優しく、親切だったし、その言動は信ずるに値するものだと思っている。だが一方で、確かに千歳のことを夜花はあまり知らない。彼が本当に心から親切な人間なのかも、断言などできないのだ。

不老不死であるという秘密を教えてもらい、特別な関係になれた気がしていた。だが。

「まあ、いい。とにかく注意しとけ」

夜花の胸中には、さまざまな考えが浮かんでは消える。

垣間見《かいまみ》た昔の記憶と、門の向こうに行くことを求めてしまった気持ちと。果涯からの忠告がひたすら、渦巻いていた。

◇◆◇

現地で果涯と別れ、屋敷《やしき》に帰り着いた千歳は夜花と二人、離れに続く道を歩く。

ちらりと、隣をうかがう。

夜花はなにやら深刻な表情で黙り込み、考えごとに耽《ふけ》っているようだった。

(……あのとき、必死になりすぎてきつく言いすぎた？　それか、果涯に気になることを言われたか)

彼女が鳥居の向こう、異境に惹《ひ》かれているのを見たときは年甲斐《としがい》もなく、なりふり構っていられなかった。

自分はたぶん、彼女の心の奥底に澱《よど》む闇を甘く見ていたのだろう。

経歴は調べた。たった十七年に満たないいまだ短い彼女の人生を調べるのは簡単で、彼女が寂しさを抱えていることなども想像に難くない。そういう子どもには優しく、親切にすればいい。長く生きて、その類《たぐ》いの人間に接するコツはわかっている。

『……家なんて、雨風をしのげればどこも同じですから』

当主と対面したときの、あのひと言。あれを口にしたとき、彼女の中に深く昏《くら》いなにかを垣間見た。けれど、そこまでとは思っていなかったのだ。

開いた門の向こうに抵抗もせずぼんやりと惹かれ、流される彼女は、この世になんの未練も執着もないようだった。むしろ、あちらに行きたいと……そんな心の声が聞こえてくるようで。

それを目の当たりにして、千歳は頭を殴られたような衝撃を受けた。

いくら優しくしたところで、夜花にとって意味はないのだ。所詮、一時をともに過ごすだけの間柄だとしか、彼女は思っていない。千歳の存在は彼女を引き留めるための楔《くさび》になっていない。現実を知ると同時に、彼女の抱える孤独の深さと、長い人生を言い訳にした己のいい加減さを突きつけられた。

なにが、優しくすれば、親切にすればいいだ。接するコツはわかっているだ。

千歳はなにもわかっていなかった。自分がいかに怠惰であったかも。彼女の抱える感情には、次々と人に置いていかれる感覚には、覚えがあったはずなのに。

だから、あれは命を大切にしない夜花への憤りであるとともに、千歳自身への怒りでもあった。

夜花に去ってほしくないのなら、もっと必死に、全力で引き留めなくては。

「千歳くん」

ふと、夜花が歩みを止め、小さく呼びかけてくる。

「どうかした？」

千歳も立ち止まり、いつもどおりの笑みを浮かべ、夜花に向ける。上手《うま》く笑えているだろうか。せめて、彼女を不安がらせないように。

少し迷う素振りをみせてから、夜花は口を開いた。

「……私、千歳くんのそばを居場所にしてもいい？」

ぽつり、と夜花はこぼす。

「私の居場所、ずっとわからなくて……どこにいてもだめになっちゃうんじゃないかって、そう思ってたの」

服の裾を両手でぎゅっと握り、眉尻を下げてこちらを見つめる彼女の瞳は、不安げに揺れていた。普段より幼く見えるその様子に、胸が締めつけられる。

彼女はその歳《とし》で、どれだけの孤独を抱えてきたのだろう。

千歳とて長い孤独の中で生きてきた。けれど、少なくとも夜花と同じ歳の頃にはそれほどの苦悩はなかった。

独りのつらさは知っている。手のひらから大切なものがぼろぼろとこぼれていくときの寂しさも、それを止められない悲しみも。

「居場所なんて、俺もないよ」

「え?」

失うくらいなら、あとから絶望するとわかっているのなら、最初から期待しなければいい。そうやって常に一線を引いて生きている。夜花も……千歳も。

「長く生きてきたからさ。しっくりくる場所なんてもうどこにもない」

自分の浮かべている笑みが困ったように歪《ゆが》むのを、千歳は悟った。

「だからさ、あんたが俺を居場所にしてくれるなら、そこが俺にとっても居場所になるのかもしれない」

まったく言うつもりのなかった本心が、口から転がり出てくる。

不甲斐《ふがい》ない自分でも、夜花が居場所にしたいと言ってくれるのなら、それに応えたい。

きっと彼女がいる場所が、千歳にとっての居場所にもなる。

だってもう、千歳はなにがあっても夜花から離れるつもりはない。

それはたぶん、彼女に利用価値があるからだけではなく——千歳が、そうしたいからだ。

孤独にさまよう夜花を、放っておけないと思ってしまった。

「行くか」

「……うん」

二人はまた、歩き出した。

六章　「家族でもわかりあえないことはあるよ」

二日後、夜花《よはな》は祖母の家にやってきていた。

（正直、なにを話せばいいのかわからないんだけど……）

玄関の前で立ち止まり、動けなくなった夜花の肩を、千歳《ちとせ》が軽く叩《たた》く。

「そう緊張するなよ。俺がちゃんと仲裁するし」

「うん。……でも」

二年もの間、毎日出入りして、しかしなかなか慣れなかった玄関は、数日ぶりに見るとさらによそよそしく感じられた。立ちはだかる戸がいやに高く、強固に思えてしまう。

もはやまったくの他人の家のようで、落ち着かない。

自分の居場所を見つけたい。千歳のそばがそうであればいい。ただ、そう思ってもやはり、ふとしたときに祖母のことが夜花の脳裏をかすめた。

このままでは、あれきりろくに話さず、祖母との関係が終わってしまうのではないか。とんでもない不義理をしているのではないか。

己の中の反抗心はそれでいいのだと囁《ささや》くが、良心が常に疑問を呈してくる。

あの、果涯《かがい》とともに依頼にかかわり、門の向こうに無性に惹《ひ》かれてしまった日。

夜花は夕食の席で、正直に相談した。

『だったら、もう一度きちんと話してみれば？』

『……………』

『夜花ひとりでなんとかしろなんて言わない。俺が仲裁するからさ』

夜花としては気が進まなかったものの、千歳は前にも祖母と話し合えと言ってくれている。そして、夜花自身も本当は。

（ここでただ立っていてもしょうがない）

かぶりを振って、迷いを頭から追い払う。自分を奮い立たせ、夜花は呼び鈴を押した。

さすがに家出同然に出ていった身で、我がもの顔で家に入るのはおかしいと考えてのことだ。

けれども、誰も出てこない。

さらに呼び鈴を押す。中で物音がしないかと耳を澄ませるが、待てど暮らせど反応はなかった。

「留守……？　買い物にでも出てるのかな」

そうだったらいいな、という希望も含みつつ、夜花はつぶやく。

「鍵は？」

千歳に問われ、試しに戸を引いてみた。すると、難なく開く。鍵はかかっていなかった。

不用心ではあるものの、田舎ということもあり、祖母は在宅のときには玄関の鍵をかけない。

つまり、鶴《つる》は家にはいるのだろう。

（もしかして、具合を悪くしているかも）

そんな不穏な想像をし、千歳を振り返ると、彼もまた同じ想像をしたのか少し心配そうな顔をしていた。

夜花は喉を鳴らして緊張を飲み下し、家に上がり込んだ。

中はしんと静まり返っていた。老いた女性のひとり暮らしには少々広すぎるくらいの家は、人の生活している気配を残しながらも心寂しさが漂う。

まずは居間をのぞき、台所をのぞく。

そして、その次に仏間。果たして、鶴はそこにいた。

（ちょっとでも心配して損した）

二年間、数えきれないほど見た光景だった。

小さな背だ。座布団の上に座った、子どものように狭く、小さな、やや丸まった背がこちらに向けられている。老いて脂肪が落ち、骨と皮ばかりのように見える祖母の背からは、指先ひとつで崩れてしまいそうな砂の城のごとき脆《もろ》さと、弱さばかり伝わってくる。

顔は見えない。けれど、こんなとき鶴がどんな顔をしているのか、夜花は本当は知っている。

話し合おうという決意が、揺らいだ。

「おばあちゃん」

「…………」

「おばあちゃんっ」

呼びかけるも、鶴は仏壇に向かうのに集中しているようで、夜花の声がまるきり聞こえていないようだ。

「おばあちゃんってば！」

泣きたくなんてないのに、おのずと涙が目に溜《た》まって、声が震える。

そこでようやく、鶴はこちらを顧みた。

「誰だい、うるさいね」

鶴は声の主が夜花だとわかると、迷惑そうに眉をひそめた。

「なんだ、あんたかい。夜花」

「……なんだって、なに」

どうして、そんなにがっかりしたみたいに。

文句を言おうとした。でも、それより早く涙が目から零《こぼ》れ落ちてしまいそうで、そんなみっともない醜態を鶴に見せるのが癪《しゃく》で、夜花は口を噤《つぐ》む。

「なにしに来たんだい。もしかして、社城《やしろ》のお屋敷《やしき》を追い出されてきたんじゃないだろうね」

「……仮にそうだったとしても、ここには帰ってこないよ」

本当は、もっと穏便に話し合うつもりだった。先日も話し合いには失敗しているので、話をするなら落ち着かなくてはいけないと、そう思っていた。

けれど、ずっと心に閉じ込めて、厳重に蓋をしていたものが溢《あふ》れそうだった。

どうして。どうして祖母は、いつも。

「夜花」

後ろから千歳が夜花を呼ぶけれど、止まれない。

「いつもそうだよね。この部屋で、ずっとそうしてて。私が呼んでもうわの空なことも、何度もあった」

鶴は面倒くさそうな顔で黙っている。

「知ってるよ。おばあちゃんは私のことなんて、どうでもいいって。そんなにお祖父《じい》ちゃんやお父さんのいるところに行きたいなら、早く行けばいいじゃない」

口にするつもりのなかった言葉が、次々に飛び出す。同時に、堰《せ》き止めていた涙もこぼれだした。

鶴は、一日のほとんどを仏壇の前で過ごしている。

懐かしむような、焦がれるような、寂しそうな表情をして仏壇を眺めながら。言葉にせずとも、早くそちらに行きたいと、鶴はいつも全身で語っている。

社城の男を捕まえて嫁げと夜花に冷たく言い放ち、亡き人にばかり意識を向ける鶴は、どう考えても、さっさと夜花を厄介払いし、彼女が本当に愛していた人たちのもとへ行きたいのだとしか思えない。

こうして夜花が勇気を出して帰ってきても、鶴はまるで夜花に関心がなく、会話など望んでいないと思い知らされる。それがひどく虚《むな》しくて、滑稽だ。

いかにも孤独です、と言いたげなその態度が癪に障って仕方ない。

「いいよね、おばあちゃんは。行きたいところがあって。……私には、どこも、誰も、なにもないのに」

「なにをバカ言ってんだい」

「バカはどっちよ！」

呆《あき》れたような態度の鶴に腹が立ち、夜花は怒鳴って踵《きびす》を返す。こんなはずではなかった。でも、もう無理だ。

大股で荒々しく足音を立てて玄関までくる。

同時に、夜花のスマートフォンがブー、ブーと振動しだした。

メッセージアプリの通知かと思いきや、バイブレーションが鳴りやまない。ということは電話だろうか。

「……なんだろう」

ポケットからスマホを取り出し、画面をタップすると、そこには『社城果涯』の文字が並んでいた。

（うわ……そういえばあの日、依頼者のところに行く前に連絡先交換してたんだっけ）

嫌みな相手が嫌みな相手に替わるようなものだが、この際、相手があの果涯でも鶴よりはマシだ。ああなってしまった以上、祖母とはもう冷静に話し合える気がしなかった。

鶴から逃げているのは、わかっている。でも、電話を無視するわけにもいかない。

念入りに心を落ち着けてから、通話ボタンを押す。すると、途端にスピーカーから怒声

のか。

が聞こえてきた。

〈遅い！　さっさと出ろよ〉

ちっと盛大な舌打ち。どうして自分の周囲にはこんなにも他人につらく当たる者が多いのか。

夜花は思わず、遠い目をしてしまう。

「はいはい、ごめんなさい。……それで、どうしたんですか。急に」

投げやりに謝罪を口にし、用件を訊《たず》ねる。果涯のほうも、夜花に用件を告げるほうが優先であると思ったのか、すぐに冷静な口調になって切り出した。

〈この間の件に関連してるんだが。あの男、廃村で拾ってきたがらくたを周りに配ってやがった〉

「え⁉　がらくたって、あの、いろんな破片とかを？」

〈ああ。本当、くっだらねえ。廃村に行ったことを知人友人に自慢して回って、『戦利品』と称してがらくたをばら撒《ま》きやがったんだ。依頼を受けた以上、それも全部回収して、浄化しなくちゃいけなくなった〉

「うわあ……」

厄介すぎて、聞いているだけで気分が悪くなってくる。どれほどの規模かわからないが、他人が他人に配り歩いたものをすべて回収するなんて、想像するだに困難だ。

しかし、夜花が気になったのは、そのことよりも。

「もしかして、私に手伝えとか……そういう話？」

お前も一度かかわったんだから手を貸せ、などと言われたら堪《たま》ったものではない。

背筋に冷や汗を流しながら訊ねた夜花に、電話の向こうで果涯が笑った気配がした。

〈冴《さ》えてるじゃねえか、見習い〉

「いや！　絶対、絶対、嫌です‼」

果涯の笑い声がスピーカーから聞こえてくる。必死に抵抗する夜花を完全に楽しんでいるようだ。

「と、当主さまに言いつけるわよ⁉」

〈親父《おやじ》に告げ口したらシメる〉

どうやら、当主の名を出すのは彼にとって地雷らしい。「シメる」のトーンが本気だ。

〈安心しろ。お前に回収を手伝ってほしいのは、一件だけだ〉

「一件……？」

〈そう。まれびと――小澄晴《こすみはれ》の弟のところだ〉

夜花は目を瞠《みは》る。

狭い田舎だ。どこがどう繋《つな》がっていても不思議はない。だが、まさか晴の弟の手に例のがらくたがわたっていようとは。

果涯は言いにくそうに続ける。

〈例の依頼者の知り合いの弟の友人……だったか。そんな感じの繋がりらしい。小澄晴の弟に接触するんだ、小澄晴本人に伝えずにってのも無理だろ。けど、小澄晴には……兄貴がついてる〉

「兄貴？」

〈……社城瑞李《すいり》〉

ああ、と得心した。

序列一位の兄に、序列四位の弟。なんとなく、兄弟の関係性に察するものがある。つまり、果涯は兄とできるかぎりかかわりたくないのだろう。だから、代理で夜花に回収を頼むのだ。

〈そういうわけだから、お前が小澄晴に話を通せ。いいな〉

「なんで頼む側が偉そうなの？」

尊大な態度で命令され不服ではあるが、誰にでも苦手なもののひとつやふたつはある。

（まあ一件だけならいいか）

晴のことは夜花もなにかと気になっている。これを機に、交流を試みるのもいいかもしれない。

〈こちとら、お前の知り合いの今井とやらの浄霊まですることになったんだ。いいから従え〉

「今井さんのことは私には関係ないと思うんだけど……。わかった。じゃあ、回収したらそのままそっちにわたせばいい？」

〈ああ。邪気にはくれぐれも気をつけろよ。たいしたものではないだろうが〉

「はーい」

なんだかんだ言って、真面目に注意をうながしてくるあたり、果涯も悪い人間ではない。ただ少し、口が悪くて捻《ひね》くれているだけで。

夜花は通話の途切れたスマホをポケットにしまった。

「ともかく、善は急げよね」

先日見た感じだと、あのがらくたについていた念は、長く放っておくべきではないだろう。行動するのは早いほうがいいはずだ。

仕方なく、夜花は仏間へ戻った。

◇◆◇

夜花が仏間を立ち去ってすぐ。

千歳は鶴に向き直る。

「それで……村野鶴さん」

そう呼びかけると、鶴の動きが一瞬止まり、警戒するような彼女の鋭い視線が千歳を貫いた。

「あんた、あたしのことを調べたのかい」

「いや、夜花の身辺は調べたけど、あんたについては詳しくは調べていない。なにしろ、何十年分もの情報は簡単には集まらないし」

千歳は肩をすくめるが、鶴の警戒が解かれる様子はない。かまわずに続けた。

「ただ、思い出したんだよ」

「なにを」

「六十年近く前、社城址培《しばい》……若かりし頃の先代当主に、よく付きまとってた女の子がいたことを」

今度こそ、鶴は目をこれ以上ないほど大きく見開き、絶句する。

「俺のいた学年からだと、三つ下だったかな。あの頃はまだ少子化だの過疎化だのの問題もなくて子どもの数は今より多かったから、普通なら三つも下の子なんて覚えてないんだけど……あんたは確か、屋敷《やしき》にまでついてきていたことがあった」

「な、なにをそんな、小僧が見てきたかのように」

「実際に見てきたから。そして、これが、あんたが望む社城家だよ。まともなやつなんぞいやしない。本当に、孫娘を社城家に入れたいのか？」

千歳は真《ま》っ直《す》ぐに鶴を見つめた。

ひどく動揺しているようで、彼女の手がぶるぶると震える。視線は畳のどこかに向けられ、完全に硬直していた。

しかし、思ったよりも早く、鶴は我に返って息を吐き出す。

「それでも……だよ。社城家には、すべてがある。だから追い求めるんだ」

「すさまじい妄執だな。なにがあんたをそこまで掻《か》き立てる？」

千歳の問いに、鶴は湯呑《ゆのみ》の茶を一気に飲み干してから、おもむろに返した。

「あたしゃ、見たんだ。あの夜に」

「あの夜……？　なにを」

「あの夜に思い知ったんだよ。すべてを得て、失《な》くさないためには、社城家に入るのが一番だってね。そのくらい、綺麗《きれい》だったんだ。なにもかもを手にした人間ってのは。神さまにだって負けないほどさ」

鶴はもう、千歳のことは見ていなかった。虚空を眺め、昔に、『あの夜』とやらに思いを馳《は》せている。

「だからあたしは、社城家の縁者になりたかったのさ。結局、十分には叶《かな》わなかったけどね」

あのバカな孫娘にも、とようやく鶴の意識は現実へと戻り、千歳の存在を認識し直したようだった。

「バカなりに生きていってもらわなきゃならない。あんたが社城の人間で、あの子と仲良くするってんなら、責任をもってあの子の面倒をみてもらわないと困る」

夜花がいるときには、決して口にしないであろう言葉を、千歳は受け止める。

やはり、鶴は理由もなく……否、社城家の一員となれば贅沢《ぜいたく》ができる、というような、浅い欲望を理由に、夜花を社城家に嫁がせたがっているのではない。

(気になるな……『あの夜』)

人生観を一変させるような、決定的な出来事。大きな事件だろうか、それとも鶴個人の身になにか起きたのか――。

訊ねても、素直に教えてくれそうにはなかった。

けれど、これだけは決まっている。千歳の、気持ちだけは。

「もちろん、俺が責任を持って、夜花の面倒はきちんと見ます。一生でも」

「そうかい。せいぜい頑張んな」

「ただ」

「ただ？」

「夜花はあんたに疎まれていると思っている。このままじゃ、彼女が不憫《ふびん》だ。なにか真意があるのなら、きちんと伝えたほうがいい。大事なことほど言葉にして伝えておかなければ、後々悔いるのはあんたのほうだ」

「……そういうもんかね」

鶴は興味を失ったように、すでに千歳のほうを見ていなかった。

◇◆◇

仏間の前に戻った夜花は、千歳と鶴の間に流れる微妙な空気に首を傾《かし》げた。

気まずいのは夜花だけで、二人の間にはなにもないはずなのに、険悪になるような言い争いでもしたのだろうか。

鶴はともかく、千歳は他人と言い争いなどしなそうだけれども。

しかし、今はそんなことを気にしている場合ではない。果涯に頼まれた件はただちに千歳と共有し、動けるならすぐにでも動くべきだ。

「あの、千歳くんちょっといい？」

「うん？　どうした？」

夜花が手招きすると、千歳は立ち上がってひょこひょこと寄ってくる。

「実は今の電話なんだけど——」

果涯からの電話の内容をかいつまんで、大まかに説明する。

「なるほどね。結構、急ぎの案件かもな」

「うん」

夜花はうなずいてから、鶴のほうを見遣《みや》った。

「……おばあちゃん。今度また、あらためて来るから」

話はまだ終わってない。そもそも、建設的なことはなにひとつ、話し合えていなかった。

このまま別れてそれきりでは、まるで意味がない。

「もう来なくていいよ」

素知らぬふりで言う祖母を、夜花は無視した。

つまるところ、なにかを変えたいのなら夜花自身が動き、変えていくしかない。今、胸の内でわだかまっている悩みは、すべてそう。

自ら動き、率先して向き合っていかねば変わるはずもない。

嘆くだけではなにも手に入らないのだ。

「……また来るよ」

答えは聞かず、夜花は千歳と一緒に祖母の家を飛び出した。

千歳に屋敷に連絡してもらい、晴の予定を確かめた夜花は、さっそく母屋にいる晴を訪ねた。

幸い、今日は晴も社城の屋敷で過ごしているらしく、難なくアポイントをとれた。

通されたのは、応接間として使われているひと間。さほど広くはないが、狭くもない六畳ほどの部屋に、四人が向き合う。

卓を挟み、夜花と千歳、晴と瑞李で対峙《たいじ》する格好だ。

夜花が会いたいと伝えたのは晴だけだが、当然のように瑞李もついてきている。想定内ではあるけれども。

「小澄さん」

「う、うん」

晴はどこか緊張した面持ちで返事をする。

できれば和やかな場にしたかったけれど、事情はまるで和やかではないので、深刻にとらえてもらったほうがかえってよいかもしれない。

夜花は晴を見つめ、本題を切り出した。

「単刀直入に言うね。小澄さんの弟さん、どうやら怪異がらみのトラブルに巻き込まれているみたいなの」

「え……っ⁉」

がばっと顔を上げた晴は、目を丸くする。

「実は私、心霊スポットというか、ある廃村に関係する一件にかかわっていたんだけど。どうやらその廃村にあった……そこで亡くなった人の念がこもったものが、巡り巡って小澄さんの弟さんの手にわたってしまったらしくて」

「弟……暉《てる》が、そんなものを」

晴の表情は複雑で、上手《うま》く読み取れない。自分の弟のことだ、もっと心配そうにするかと思ったが、どうも戸惑いのほうが強く見受けられる。どう反応していいかわからない、といったふうに。

「でね。いわゆる呪物であるところのそれを、回収しなくちゃいけないんだけど……」

夜花が続けると、晴の表情はどんどん曇っていく。

「小澄さんの家族のことだから、小澄さんの協力もあったほうがスムーズにいくかと思って相談させてもらったの。どう？」

そう問うものの、晴は微妙な顔つきで、ついには眉尻を下げてうつむいた。

「……その、坂木《さかき》さん……相談してくれて、ありがとう。でも」

うつむいたまま、小さな声で言う晴の肩を、隣に座る瑞李がそっと抱く。

「晴。無理はしなくていい。どうしても君があの家に行かなくてはいけないわけではないのだから」

なんとも奇妙な言葉の掛けかただ。そこまで生まれ育った家を疎んじる理由が、夜花にはピンとこない。良くも悪くも、夜花には家に対する思い入れがない。

晴は瑞李にうなずいて返し、ゆっくりと目線を正面の夜花のほうへ戻した。

「わたし、その、できれば家には帰りたくなくて」

「じゃあ、私たちで勝手に動いちゃっても、大丈夫？」

「それは」

だんだんと、煮え切らない晴の態度に焦《じ》れてくる。夜花の問いはただの最終確認だ。うんとうなずいてくれればそれで済む話である。しかし、どうやら晴の中に切り捨てられない迷いがあるらしい。

「ごめん。時間もあるし、私たちもう――」

これ以上は付き合っていられない。立ち上がりかけた夜花に、晴が「待って」と声を上げた。

「やっぱり、わたしも……行く」

晴の瞳は迷いに揺れている。ただし、本人がそう決めたのであれば、夜花に断る理由はなかった。

いくら瑞李に睨《にら》まれても。

「わかった。千歳くんも、いい？」

「いいよ」

肩をすくめた千歳はいつもどおりに見えたけれど、瑞李に向ける視線がなんとなく厳しい。

ぎくしゃくしたムードの中、夜花たち四人は支度をしてすぐに屋敷を出た。

今日はちょうど海の日で、祝日である。小澄一家も在宅であろうし、この機会を逃せば次の土曜日以降になってしまうため、急ではあるが、今日の内に行動せざるをえない。

「小澄さんの家は、駅のほうだっけ？」

三列シートの車の中で、夜花が当たり障りのない問いを投げかけると、晴は「うん」と首肯する。

「方角は、そう。駅にはそんなには近くないけど……」

「そっか。でも駅のほうなら栄えてるし、暮らすのに便利そうだね」

「まあ……坂木さんは、ずっと境ヶ淵《さかいがふち》の北側のあたり？」

「うん。なんだかんだで引っ越ししたりはしたけど、ずっと北側。田んぼや畑ばっかりの」

父が亡くなったとき、夜花と母はそれまで住んでいた家を出ることになった。夜花が地元の小学校に入って一年も経《た》たないうちであり、ようやく慣れてきた頃だったため、なるべく負担にならないよう、母が計らってくれた。

その母が亡くなったのは、夜花が今の学校の中等部に通っていたときだ。が、このときも移住先の祖母の家が遠くなかったため、夜花の生活圏は特に変化がなかった。

「不便じゃない？」

「うーん、もうすっかり慣れちゃったというか。歩いて行ける距離にコンビニがないことも、当たり前なら気にならないよ」

晴に訊《たず》ねられ、夜花は苦笑した。

すると、そう、と心ここにあらずな返事をして、晴の意識が窓の外へ向くのを感じた。

つい最近まで住んでいた家に戻るというのに、彼女の揺れるまなざしからは、恐れや不安が垣間見《かいまみ》える。

車は十分ほど走行し、駅周辺の、境ヶ淵市の中でも繁華街にあたる地域へ入る。

小澄家がある住宅地はそこからさらに三、四分、車を走らせた先にあった。

車が停車すると、夜花たちはすぐさま車を降り、前に晴と瑞李、その後ろに夜花と千歳が続く形で小澄家へ向かう。

「ここが、……うち、です」

小澄家はごく一般的な、小綺麗《こぎれい》な一軒家であった。

くすんだ白の外壁に、木を連想させる茶色の屋根。全体的に四角いモダンなデザインながら、どことなく温かみのある雰囲気の、二階建ての家である。一階の掃き出し窓にはウッドデッキがついており、ガレージには車が二台停《と》まっている。

晴があまりにも帰りたくなさそうにしているので、どんな家かと少し身構えていたのに、夜花としては拍子抜けした心地だった。

そんな夜花をよそに、晴は門扉に手をかける。

「――晴」

ふいに瑞李が晴のもう片方の手を引いた。

「晴、僕が先に行く。君は僕の後ろにいて」

瑞李はそういうと、晴に代わって門扉を開け、『KOSUMI』の表札が掲げられた玄関のチャイムを鳴らす。

〈はい、どちらさま?〉

晴の母親だろうか。女性の声がインターホンから聞こえてくる。それに、瑞李はひどく淡々とした、機械的な声と口調で応えた。

「社城瑞李だ。用がある。ドアを開けろ」

伴侶の親に話しかけるにしては甚だ刺々《とげとげ》しい瑞李の態度に、インターホンの向こうで息を呑《の》む気配がした。

数秒後、玄関扉が開くと、中年女性が中から顔を出す。晴が小さく「お母さん」とつぶやいたことから、彼女が晴の母親で間違いないだろう。

年齢的には中年だが、服装や髪型から身なりに気を遣っているのが見てとれる。

「あら、晴。あなたもいたの。ずいぶん早い里帰りね」

晴の母親の声色は柔らかく、口ぶりに毒気もない。皮肉っぽい言葉選びではあるけれど、娘に対する『愛あるからかい』の範疇《はんちゅう》だろう。

本当に、なんら特別なことのない母親らしい言動だった。

(小澄さんが嫌がってるのは、お母さんじゃないのかな)

そう思い、晴に視線を遣《や》ると、彼女の顔色はすこぶる優れない。家族を、母親を、恐れている。

玄関先で話し込むわけにもいかず、夜花たちは小澄家に上がることになった。

呪物の取り扱いなどは非常にデリケートな話題だ。もし近所に知れようものなら、小澄家がおかしな目で見られかねない。

中へ通された夜花たちは、勧められるままリビングの椅子やソファに腰を落ち着ける。

家の中もまるで普通。掃除も行き届き、家具なども木製のもので統一されていて、居心地はよさそうだ。

夜花たち四人に、晴の母親、そして遅れて父親と弟も加わると、だいぶ人数が多くなり、広めのリビングも手狭に感じる。

「なんだよ、晴。もう帰ってきたの？　社城家に要らないって言われた？　そりゃそうだよ、鈍臭いもんな」

真っ先にそう言って嗤《わら》ったのは晴の弟、暉だった。明らかに嘲りを含んだ態度である。瑞李のこめかみに、ぴし、と青筋が立つ音を聞いた気がした。晴は膝の上で固く手を握りしめ、うつむく。

「ははは。暉、まあそう言ってやるな。それで、社城さん。今日はまたずいぶんと大人数で、なにか御用ですか？」

暉を窘《たしな》めるようでいて、半笑いを浮かべた晴の父親が、瑞李に水を向けた。

（おそれ知らずだわ……）

よく激昂《げきこう》する寸前の瑞李に話しかけられるものだ。今にも人を射殺しそうな目をしているのに。

「晴。あなたなにか、社城さんに失礼をしたんじゃないでしょうね。本当、要領の悪いところがあるからあなたは……」

晴の母親も、この険悪な空気に気づいているのかいないのか、無神経にそう口にする。

ここまでの短いやりとりで、さすがの夜花もだんだん察しがついてくる。

晴がなぜ、この家に帰りたくなかったと言っていたのか。帰るときもずっと不安げな様子だったのか。

ただ、夜花が口を挟むべきかどうかの判断がつかず、黙って見守ることしかできない。

「いきなり押しかけてすみません。今日お伺いしたのには、実は晴さんにかかわることではなく、別件でわけがありまして」

一触即発かと思われた空気の中、さらりと本題を切り出したのは——千歳だった。

（さすが！）

なんともスムーズな切り出し、状況にまったく動じない精神力。夜花は内心で千歳に拍手と称賛を贈った。

千歳は少しの澱《よど》みもなく、晴の家族に事情を説明していく。説明が終わると、暉が「うわ、最悪！」としかめ面で呻《うめ》き、自室からさっさとがらくたを持ち出してきた。

「これだろ。ほんと最悪なんだけど！　呪物とか、ありえねぇわ。早く持っていってよ」

露骨に嫌悪感を滲《にじ》ませ、投げ出すようにして、薄汚れた木片をテーブルに放る暉。確かに彼に咎《とが》はないけれど、どうも癇《かん》に障る言い草である。

おまけに晴の両親はそんな暉をまともに窘めない。

「仕方ないやつだな、まったく。お願いします、くらい言えないのか」

「そうよ。お客さんの前なんだから、もう少しお行儀よくして」

口ではそう言っても、晴の両親は笑っていた。暉もニヤニヤと笑っていて、少しも応《こた》えていない。

彼らの向かいに座る晴の顔だけが、翳《かげ》る。

「まあ、でもねぇ」

そして、極めつけのひと言を、晴の母親はのたまった。

「暉でよかったわ。もし呪物をもらったのが晴だったら、もっと大事になっていたかもしれないし。こういうとき、晴はだいたい迂闊《うかつ》なのよね」

◇◆◇

家に入ってから、晴は上手《うま》く息ができていなかった。

十数年、繰り返されてきたのと同じように、晴をさりげなく貶《おとし》めるようなことを両親が言うのは聞こえていたが、全身を寒気が覆うばかりで現実味がない。

凍え、傷つき続けてきた晴の心は、あかぎれやしもやけにまみれている。

小澄晴は、ごく一般的な家庭に生まれ育った。

境ヶ淵市のある住宅街で、会社員をしている父と母、それと晴と弟の暉の四人で暮らしていた。生活はたぶん、平均より若干裕福なほう。衣食住に困ったことはなく、両親はいたって善良な市民で、変わったところはない。

けれど、晴はあの家が心底、大嫌いだった。

なぜならあの家は、すべてが暉を中心に回っていたから。

一番初めはなんだっただろうか。積もり積もった不満は、数えきれない。

『あのね、わたし、お誕生日プレゼントにこの人形が欲しいの』

たとえば、誕生日になにが欲しいか訊《き》かれたとき。晴は、玩具店の新聞の折込チラシに載っていた、かわいらしい女の子の人形を母にねだった。すると母は、

『人形？　やだ、五千円もするじゃない。もっと安いのにしてくれない？』

と、顔をしかめた。駄々をこねたら、怒られる。小学生の晴はそう考えて、しばし粘ったものの最後はあきらめ、三千円の普段使いできる靴を買ってもらった。

数か月後、サッカーが好きな二つ下の暉は、誕生日にサッカーボールをねだっていた。

『絶対、ぜーったい、このサッカーボールが欲しい！　メタリックで、格好いいやつ！　ねえ、ダメ？　いいでしょ⁉』

『ボールね……七千円か、案外高いのね。まあいいわ。ちゃんと遊ぶのよ？』

呆《あき》れたように苦笑して、母は七千円のボールを弟に買い与える。それを見た晴はつい「わたしには、人形を買ってくれなかったのに」と漏らした。母は「いちいち、いやらしい子ね」とひどく不快そうな顔をした。

あるいは、日常でも。

晴は勉強があまり得意ではない。それでも小学生の頃は真ん中より上だったし、中学に入ってからもテストでは常に全教科七十点以上はキープできるよう、自分なりに努力していた。そうすれば、両親に認めてもらえると期待して。

しかし、両親は晴を一度も褒めなかった。

『七十点？　ろくに部活動をしていないんだから、それくらい当たり前でしょ』

『父さんが中学の頃はハードな運動部で、いつも八十点以上はとれてたな。晴、なんでお前はその程度の点数しかとれないんだ？　勉強なんて簡単じゃないか』

涙が出そうだった。答案用紙をぐしゃぐしゃに丸めて投げ捨ててしまいたかった。

だって、部活をしていないのは「吹奏楽部に入りたい」と言った晴に、「楽器代が高い」「勉強も満足にできないのに部活などやるな」と両親が反対したせいだ。だから、活動がほぼない文芸部に入った。それしか、許されなかったから。

二年後、中学に入った暉は、なんら反対されずにサッカー部に入ることを許された。高いユニフォームもスパイクシューズも、必要な道具はすべて「仕方ないな」と言いながら両親が揃《そろ》えた。遠征費だってかかるのに、両親は弟がサッカーをしているとうれしそうだった。

部活に夢中な暉がテストで五十点や六十点をとっても、「部活を引退したら受験勉強はもっと頑張りなさい」とだけ言って、両親は小言を口にしない。

共働きの両親に代わり、平日の夕食を晴が作ることもあった。暉は当たり前のように晴の作った料理を食べ、不味《まず》い、としかめ面をする。

あるとき、少しは手伝ってと晴が暉に言うと、彼はそれを帰宅した両親に告げ口した。

『晴。あなたねえ。この子は部活をして疲れてるんだから、食事の用意くらいあなたがやりなさいよ』

母が晴に向かってため息をつく。暉は、

『そうそう。俺、運動部で疲れてるしその上、勉強もあるしさあ。まあ、俺が作ったほうが、晴が作るより美味《おい》しいご飯になると思うけど』

そう得意げな表情をした。そこへさらに、父も加わって、

『言えてるな。晴よりお前のほうがなにかと器用だし』

と笑う。母も弟も笑った。げらげらと、おかしそうに。晴以外は、皆が笑っていた。

彼らはきっと『嗤って』いるつもりはなく、ただおかしいから『笑って』いるだけだ。

どれだけ晴がそれに傷ついているかも知らず。

（わたしだって、疲れてるよ。それに勉強だって頑張ってるじゃない。どうして？）

好きなことに夢中になって打ち込んでいないから、晴の意思は軽んじられるのか。そんな馬鹿な話があるのか。

だって、好きなことをしようにも、そもそもそれを許されたためしがないのに。

（わたしが、いけないの？）

そんな自問を何度もした。明確な答えなど出るはずもない。

だから——湖に落ちて、杯の水を呑《の》むか呑まないか迫られたあのときは、高揚した。

こんな不思議な出来事に遭遇したのだ、きっと現状もなにか変わるはず、と期待して。

晴は、悩むまでもなく杯の水を呑みほした。

だが、結局はなにも起きはしない。両親は弟ばかり気にかけ、弟はその愛を一身に受けて晴への当たりを強くしていく。

——ここに、自分の居場所はない。

人生で最も期待した分、絶望も大きかった。もう死んでしまいたいと望むほど。

七月四日の木曜日は、両親にほとほと愛想が尽きた日だった。

二年前、晴は行きたかった私立高校への進学を反対された。だというのに、今年、中三になった弟が合格判定の低いその高校への受験を、サッカーの強豪校だからという理由で許されているのを聞いたからだ。

この家にいたくないと思った。こんな家、捨ててしまいたいと。

強く、強く、そう思ったあの瞬間――。

気づいたら、晴は社城家の庭の池に、落ちていた。

金鵄《きんし》憑《つ》きのつがいとなった晴は、瑞李の伴侶として社城の屋敷《やしき》に住むことになり、家族への説明は瑞李が請け負ってくれた。

『晴が、社城家のお屋敷に……？ 序列一位の婚約者？ そんな馬鹿な』

両親は説明を聞いてすぐ、そう言って笑った。

『失礼ながら、晴にそんな大役は務まりませんよ。不器用で、要領が悪くて。たいして取り柄もありませんし……』

さも心配そうな表情で、娘を卑下する発言を繰り返す母親。それに同意する父親。腹を抱えて笑う弟。

この人たちにとって、晴はなんなのだろう。

暉は親にとって間違いなく、自慢の息子だろう。では、晴は？ これだけ見下されて、どうして自分が彼らにとっての大切な娘だと、かけがえのない家族だと、信じられる？

　どうして平然とこの家で暮らせる？

だから、晴が大切なのだと、かけがえのない、無二の存在なのだと熱心に言い続ける瑞李に、晴は心奪われた。

短い期間でも、彼と過ごして晴の心の傷はようやく癒えた……はずだった。

「まあ、でもねぇ。暉でよかったわ。もし呪物をもらったのが晴だったら、もっと大事になっていたかもしれないし。こういうとき、晴はだいたい迂闊なのよね」

握りしめた手の爪が、手のひらに食い込む。唇を強く噛《か》みしめたら、血の味がした。

そうやって、なんてことないように悪びれもせず、否、悪いとも思わず、自然に、笑って、晴を地に落とす。地べたを這《は》いつくばり、自尊心をかき集めようとする晴を、踏みつける。

　帰ってきたくなかった。

まれびとだとか、金鶏憑きのつがいだとか……わけがわからなくたって、自分を愛し、守ってくれる人に囲まれているほうがいいに決まっている。

（もう、いや）

晴をここに連れてきた夜花には、どうせわからない。いろんなものに恵まれて生きる彼女には、晴がどんな思いでこの家で暮らしてきたかなんて。

恨めしい。こんな状況にした、家族が。そして夜花が。

恨みと怒りと悔しさと、ぐちゃぐちゃになった晴の頭の中は真っ白で、純粋な感情の塊だけが渦巻く。

「……いい加減にしろ」

隣で、地の底から響くような低い声がした。

晴がぱっと顔を上げ、そちらを向くと、そこには端麗すぎる美貌を憤怒《ふんぬ》の色に染めた晴の伴侶がいた。

「瑞李……？」

晴が口を開くたび、表情でも、指の一本でも、動かすたび、一瞬たりとも見逃さず反応する彼が。ほかならぬ晴が呼びかけたのに、反応しない。

彼が鋭い目つきで凝視しているのは、晴の家族だ。そして、凝視したまま立ち上がる。

必然的に、その場で座っている全員を、長身の瑞李が見下ろす格好になった。

瑞李の放つ怒気に晴は不安を覚える。だが、晴の家族はまだ半笑いを浮かべていた。

「どうされたんです？」

半笑いのまま、父親が瑞李に訊《たず》ねる。瑞李は答えなかった。ただ、シンプルにひと言だけを彼らに命じた。

「――跪《ひざまず》け」

「え？」

「お前たち全員、跪けと言ったんだ。ここで、今すぐに」

利那、空気が凍りついた。

◇◆◇

夜花はあまりの緊迫感に、動けなくなる。

瑞李が小澄一家に向ける怒気は殺気に等しいものだ。小澄一家は半笑いを浮かべているけれど、瑞李のあまりの剣幕に、彼から目を離せなくなっている。まさしく、蛇に睨《にら》まれた蛙《かえる》そのものだった。

「聞こえないのか？　跪け」

瑞李は再三、同じ命令を繰り返す。そこでようやく晴の弟、暉が反駁《はんばく》する気力を取り戻した。

「は、はあ？　あんた、なに言ってんの？　跪けとか、意味わかんないんだけど」

「両膝を地につけろ。そして、平伏《ひれふ》せ」

「単語の意味なんて訊いてねえっつうの！ なんで俺たちが晴やあんたに跪かなきゃいけないんだよ！ 社城だからって、王さまにでもなったつもりかよ！」

暉が瑞李を怒鳴る。見ている夜花のほうが固唾《かたず》を呑《の》んでしまう。

よくもまあ、そんな大胆なことができるものだ。彼はきっと勇敢か馬鹿のどちらかだろう。

瑞李の美貌はますます鋭さを増し、凍てついた。

「――王じゃない」

「はあ？」

「王じゃない。晴は、神だ」

普通なら笑うところだ。人を神と呼ぶだなんて、冗談でも馬鹿げている。実際に、暉は瑞李の答えを聞いた途端、大きく噴き出した。

だが、晴の両親は畏怖と混乱に満ちた顔で右往左往しているし、夜花とともに成り行きを見守っている千歳はいたって真剣な面持ちをしている。

当の晴は、目をまん丸にしていた。

「まれびとは異境から人境《じんきょう》に神秘をもたらす神に等しい存在。誰よりも尊い存在だ。そんな彼女を貶《おとし》め続けるばかりのお前たちに、家族を名乗る資格はない」

　語気を強めた瑞李はきっぱりと告げ、その場で己に憑《つ》いた金鶏を顕現させた。

「──姿を見せてやれ」

《承った》

　金鶏は太く低い声で応じると、瑞李の肩の上で大きく翼を広げる。金色に光る優美な猛《もう》禽《きん》の翼は、小澄家のリビングにぎりぎりおさまっているが、ともすれば窓や壁を突き破りそうなほど大きい。

　悲鳴が上がる。

　晴の両親と弟は、金鶏を目の当たりにして一様に顔面蒼白《そうはく》になっていた。

「ば、化け物！」

「きゃあああああ!!」

「な、なんで急に鳥が、家の中に……!?」

　金鶏は怪異なので、見鬼を持たない者に姿は見えない。しかし、金鶏はそれこそ神だ。なんらかの方法で、見鬼を持たない晴の家族にも姿を見せているのだろう。

「この金鶏は神だ。晴も同じ。お前たちが蔑んでいい存在ではない」

「そんな、晴は私たちの大事な娘です！　神さまなんかじゃないわ！」

目を瞑《つぶ》り、耳を塞いで、恐怖にまみれながら、晴の母親が叫ぶ。

「晴を蔑んだことなんてない！　貶めたこともない！　晴も暉も、姉弟分け隔てなく大事に育ててきたわ！　なのにどうして、跪けとか、神だとか……！　ふざけないで」

「お母さん……」

晴が母親を潤んだ目で見つめる。

「そ、そうだ。母さんの言うとおりだ。晴、父さんだって晴が大好きだ。そりゃ、欠点だってあるかもしれない。けど、誰だってそうだし、お前にもいいところはたくさんある！　真面目なところや努力を怠らないところ、我がままを言わないところ。いくつだって挙げられる！」

「……お父さん」

瑞李が心配そうに晴を見下ろした。晴は涙声で父親を呼んだあと、うつむく。――そして、すぐに顔を上げた。その目からは、大粒の涙がぼろぼろと止めどなく溢《あふ》れていた。

うれし泣きではない。あれは。

「ねえ、全部今さらだよ。お父さん、お母さん」

「晴？」

「わたしのいいところ？　そんなの、そうするしかなかったからそうしただけ。わたしのいいところじゃなくて、お父さんやお母さんにとって都合のいいところだよね。……お母さん、本当に姉弟分け隔てなく育ててきたつもりなら、お母さんはどうかしてるよ」

「晴……！　あなた、親に向かってなんて口を」

カッと顔を真っ赤にした母親を無視し、晴は立ち上がる。

「瑞李……わたし、もう、こんなところ」

「ああ。さっさと行こう。ここにいても晴が傷つくだけだ。君はもっと大切にされるべきなのだから」

去り際、瑞李がこちらに視線を送って寄越す。あとは夜花たちでなんとかしろということだろう。その視線は厳しく、晴にこの家に一緒に行くよう持ちかけた夜花の責任を問うているようだった。

（……行くって言ったの小澄さんなのに）

全責任を押し付けられるのは納得いかない。おまけに小澄家は現状、阿鼻叫喚《あびきょうかん》。父親は呆然《ぼうぜん》とし、母親は号泣、弟は「ざけんな」と悪態をついている。

これをどうしろと言うのか。

「あの二人……はあ」

千歳も面倒くさそうにため息を吐いた。

そんな彼に苦笑いを返しながら、夜花は口の中に苦いものが広がるのを感じる。

（小澄さん……）

家族も家も何度も失ってきた夜花と、家族も家も己が傷つくものでしかなかった晴と。真逆なようで、きっと根底にあるものは同じだ。

自分はどこにいればいい。どこにいれば、誰といれば安らげる？

足元がぬかるんだ地面のように不安定で、頼りない感覚。いつだって、お前はここにいるべきではないと言われているようで。

夜花も少し、泣きたくなった。


その後、ひとまず小澄一家を宥《なだ》め、呪物を回収し、夜花と千歳が屋敷《やしき》に帰り着いた頃には、すでに夕方になっていた。

「ふう……今日は一日、ずいぶんバタバタしちゃった。明日からの授業の予習、しておきたかったのに」

夜花は屋敷の門をくぐりながら、肩を落とす。

予習はできなかったし、鶴との話し合いも結局は中途半端に終わってしまった。せっかくの祝日に、肝心なことはまったく達成できなかったことになる。

「お前ら、ダラダラ歩いてんじゃねーよ」

声がしたほうを見ると、後ろから果涯が門をくぐってくるところだった。

「お、果涯。今帰りか?」

しれっと返した千歳に、果涯は盛大に呆《あき》れ顔をする。

「呼び捨てにすんなっつってるだろうが、この落ちこぼれ。序列なしが、調子に乗んなよ」

「ちょっと、聞き捨てならないんだけど」

「うるせ。おい、頼んだ回収は済んだのか」

千歳が貶《けな》されるのをただ聞いていられず、夜花は食ってかかったものの、果涯に一蹴される。しかも、まるで手下かなにかに接するがごとく、果涯は偉そうに手を出して催促してくる。

夜花の苛立《いらだ》ちが頂点に達した。

ポケットからビニール袋に入れた呪物を取り出した夜花は、それを果涯の手に叩《たた》きつけた。

「おかげさまで、超順調でしたけど? 正直、なにをそんなに怖がることがあるのかなってくらい。あなたのお兄さん、落ち着きあるし、言葉遣いもあなたより丁寧だし。序列一位も納得というか」

まあ暴君だったけど、と心の中で付け足す。夜花の言葉に、果涯はむっと眉をひそめた。

「あっそ」

不機嫌さと少しばかりの悔しさを滲《にじ》ませ、身を翻す果涯。夜花はその背を見送って、鼻を鳴らした。

「夜花、もうちょっと優しく……は、無理?」

千歳が苦笑交じりに問うてくる。

「無理。当の千歳くんが怒らないんだもん。私が怒るしかないでしょ」

「でもあいつも、あれで一生懸命なだけなんだよ、たぶん」

「えー」

夜花は、どうしよっかなぁ、ととぼけたふりをした。

果涯の口が悪いのも、千歳を見下しているのも事実だが、彼自身はさほど悪い人間ではない、と思う。夜花がまれびとであることも知っているし、そのことを盾に夜花に接触したりなにかを要求したりということもないので、付き合うのに悪くない相手だろう。

「夜花さ」

「うん？」

「俺になにかあったら、ちゃんと当主とか、果涯とかに頼れよ。俺はこのとおり、序列にも入れない下っ端で、ゆきうさの下僕みたいなもんだし。それに比べたら、序列四位の果涯も、自称劣等生の当主も頼りになる」

「…………」

「夜花を助けようと、助けたいと思ってくれるやつは、いくらでもいるから」

「……そうだね」

千歳が今、どんな顔をしているか、夜花はあえて確認しなかった。

いくらでも助けてくれる者はいる。それはそのとおりなのだろうし、恵まれていることなのだろうが、漠然とした不満と空虚感を抱いてしまうのは、きっと夜花が欲張りなせいだ。

◇◆◇

晴は、社城家屋敷の片隅、広い座敷《ざしき》の一角で身を強張《こわば》らせながら、事の次第を見守っていた。

小澄家を訪ねた日の翌日、晴と瑞李は社城家の幹部会に参加していた。

家族に絶望し、家を出たあと、気持ちを落ち着けるのにあまり時間はかからなかった。

家族とのあれこれは、晴にとって日常であり、傷つきはしても引きずるようなものではないからだ。いや、むしろ引きずり続けているので今さらだ、と言うべきかもしれない。

臨時の幹部会が開かれると聞かされたのは、昨晩のこと。

晴が落ち込んでいることを憂慮した瑞李が休ませたいと掛け合ったようだけれど、晴のほうから参加する旨を伝えた。

(まれびとが幹部会に参加するのは義務。だったらわたしは、わたしの役目を果たさなきゃ。このお屋敷にいる資格を失わないために)

幹部会は、社城家の当主と、社城家に連なる者たちで構成された幹部によって開かれる。まれびとは社城家にとって当主と同等に尊い存在であるので、幹部会には必ず参加することになっていた。

晴も、ただ座っているだけでもかまわないから、と当主に頼まれてすでに一度、参加している。前回の議題は、まれびとである晴の処遇と『継承戦』についてだった。

今回も前回と、内容には大差ない。

「――とにかく、まれびとさまの守りは万全にしておかねばならん」

「そんなに心配ならば、護《まも》り手を増やせばよいでしょう」

「むやみに護衛を増やしても、統率がとれなくなるだけだ。むしろ危険だろう」

「それを言うなら、序列一位の伴侶として継承戦に巻き込まれることそのものが危うい。継承戦は殺し合いではないが、命を落とす者の前例も少なからずある」

幹部は八人。そこに当主の社城貞左《ていざ》が加わる。男女が混在し、年齢も上は七十代、下は三十代とさまざまだ。しかし、立場的には対等なのか、ほとんどの幹部は無遠慮に発言し、会議は紛糾していた。

「くだらない。皆、少々まれびとに対し、神経質になりすぎなのではないか」

ふいにそんな発言をしたのは、六十をいくらか過ぎた男性。

名を確か、社城嗣《つぐ》支《し》といったか。目元や口許に深いしわを刻んではいるが、まだまだ現役といわんばかりの覇気を放っている。

「まれびとをもてなす。なるほど、それは社城家にとって大事なお役目だろう。だが、今の我々にとって最も注力すべきは次期当主を決める継承戦にほかならない」

他の幹部たちは黙り込む。事の成り行きを見守っていた当主の貞左だけが、不愉快そうに口をへの字に曲げてから、嗣支に訊《たず》ねる。

「じゃあ、あんたはどうするべきと考える？」

「無論、まれびとさまには屋敷で大人しくしておいていただくべきでしょうな。それがもっとも少ない労力で、かつ確実に安全を確保する方法だ」

「軟禁でもするってのか？」

わざとらしい驚き半分に貞左が返すと、嗣支の機嫌が明らかに悪くなった。が、すぐさま表情が取り繕われる。

「まさか！　人聞きの悪い。ただ、まれびとさまの能力は特別。聞けば、動植物の生命すら思いのままにするものだとか。そのような強力な能力で継承戦に干渉されてはかなわないのでね。なるべく屋敷で大人しくしていただき、ある程度、継承戦および序列者からは遠ざかっていただくべきとは思っていますよ」

「なるほど。だが、ひとつ訂正だ」

貞左は面倒くさそうに、人差し指一本を立ててみせた。

「まれびとさまは動植物の生命を思いのままにはできない。死を覆すことはできないし、新たに命を生み出すこともできない。動植物の声を聞き、傷や病を癒《いや》し、成長を促進させる。今のところはそれだけ。誤った情報でやたら場をかき乱すのはやめてくれないかねえ」

これには晴も、思いきりうなずいた。たいそうな能力があると誤解されては困る。けれど、晴が冷静に会議に耳を傾けていられたのは、そこまでだった。

嗣支はまるで聞き分けのない子どもを見るような目で貞左を見て、不快な笑みを浮かべた。

「これは失礼。しかし、こちらの言い分はぜひ一考していただきたいものだ。なにしろ、まれびとさまというのは、これまでの例からしてこの社城を荒らしに荒らし……早世する」

「え？」

じろり、と嗣支のいやらしい双眸《そうぼう》が、晴を射貫《いぬ》いた。

「まれびとさまに長生きしていただくためにも、公正に継承戦を運営するためにも、こちらの意見を考える余地はあると思うがね」

七章「私たちはきっと同じものを求めてた」

ここ数日、天気がすこぶる悪い。ようやく梅雨が明けたと思えばこれである。梅雨前線は去ったはずなのに、連日の雨天。空は重い濃灰色に染まり、昼間だというのに明かりを点《つ》けていないと暗く感じる。どこからか、ゴロゴロという雷鳴もかすかに聞こえ、雨が音を立てて屋根に降り注いでいる。

「帰り、大丈夫かなぁ」

夜花《よはな》は教室の窓から外を眺め、誰にともなくつぶやく。

帰る頃には雨の降りも弱まっていればいいが、そうでないと歩くのもひと苦労だろう。

「そういえば夜花、夏休みの予定どう？」

隣の席の知佳《ちか》に訊ねられ、夜花の意識は窓の外からすぐそばへ戻ってくる。

「ああ、夏休みねー。知佳には言ってなかったけど」

「なに!? 彼氏できた!?」

「いやいや、違う違う」

瞳を輝かせ、身を乗り出してきた知佳を、夜花は仰《の》け反《ぞ》りながら宥《なだ》めた。

「じゃあ、なに？」

「今のバイト、今月で辞めることにしたんだ。だから、来月はわりと空いたかも」

知佳は不思議そうに目を瞬《しばたた》かせる。

「バイト辞める？　なんで？　あそこのカフェのバイト気に入ってたじゃん。雰囲気のいいお店だったし……」

「そうなんだけど。ほかに割のいい働き先を見つけたから」

「割のいい働き先ぃ？」

途端に知佳が怪訝《けげん》そうな顔になった。

「まさか、なんか怪しいとことか、いかがわしいとこじゃないよね？」

怪しいといえば怪しいし、いかがわしいといえばいかがわしい。なんといっても、今度の夜花の雇用主は社城《やしろ》家である。どう贔屓目《ひいきめ》に見ても、いかがわしさしかない。

知佳の予想は、おそらく犯罪か、あるいは犯罪スレスレの仕事だろうから、当たらずとも遠からずといったところか。

「そんなに変なところじゃないよ。社城家で働くことになったの」

「社城家で？　お手伝いさんとか？」

「まあ、そんな感じ。とはいっても、カフェのバイトより勤務時間も全然少ないし、お給料はいいから、結構余裕が出そうなんだ」

「うーん。社城家なら確かに……所在もはっきりしてるし安心かぁ」

どこか納得がいかない様子で、知佳は腕組みをした。

彼女の気持ちはよくわかる。社城家は由緒正しく、このあたりの人間なら誰でも知っている家なので、かなり信用できる働き口ではある。あるのだが、富と権力のイメージが強く、心理的な抵抗感が否めないのだ。

「にしても、ちょっとがっかり。てっきり、例の親戚のお兄さんと付き合うことになったかと思ったのに」

「ええっ⁉」

だらり、と腕を伸ばして机に上半身を突っ伏した知佳のぼやきに、仰天する。

「つ、付き合わないよ⁉」

「えー。でも、身近にそんな超絶イケメンがいて、関係も悪くないなら、狙わない手はなくない？」

「狙わないって！」

夜花が大慌てで否定すると、知佳はますます退屈そうにして、唇を尖《とが》らせた。

「つまんないの」

「知佳、人の恋愛を娯楽にしようとしないでね？」

夏の午後、そんな他愛ない会話をしていたときだった。坂木《さかき》さん、と妙に深刻そうに夜花を呼ぶ声があり、夜花は振り返る。

「小澄《こすみ》さん？」

そこには、声の印象そのままの陰鬱、かつ思いつめた顔をした晴《はれ》が立っていた。

「……坂木さん。放課後、ちょっと話……いい、かな？」

どうにも断れる空気ではない。人がこんな顔をするのはどんなときだろう、と考える。

でも、夜花には上手《うま》く思いつかなかった。

今度はなんの話をされるのかと、内心で身構えながら、うなずく。その様子を、じっと近くの席の京那《きょうな》が観察しているのには気づいていたけれど、触れずに。

放課後になり、雨は小降りになっていた。

夜花は人気のない場所を探し、一階の、校舎と体育館とを繋《つな》ぐ渡り廊下を選択する。渡り廊下は屋根こそあるものの壁はなく、半分吹きさらしで、雨が吹き込んで濡《ぬ》れていた。

周囲に人の気配はまるでない。

体育館から部活動に励む生徒の掛け声がかすかに聞こえてくるだけだ。

「あの、坂木さんは知っている？　社城家に現れた昔のまれびとのこと」

思いつめた表情のまま、晴が夜花に訊ねてくる。

「ううん」

昔のまれびとのこと。確か、千歳《ちとせ》が百年前にいたと言っていた。そして、幸せに暮らしていたと。だが、それ以上はあいにく聞いていない。

首を横に振った夜花に、晴はどんどん顔を曇らせていく。

「あの、ね。わたし……聞いちゃったの……。まれびとは長く生きられないんだって」

「は？」

「だ、だから！　まれびとはすぐ死んじゃうの。天寿をまっとうしたまれびとは、ひとりもいないんだって。百年前のまれびとは当主と結婚したけど、その当主も子どもも、まれびと本人も、惨殺されたって……」

「惨殺――」

総毛立つような嫌な寒気を誘う、ひどく物騒な単語。さすがの夜花も、どう返事をすべきかわからず、それきり絶句した。

「その前も、その前の前も！　まれびとは……みんな、例外なく早くに死ぬって……聞いたの。幹部会で、幹部の人が言ってたんだけど、そのあと、瑞李《すいり》に確かめたら本当だって。

瑞李はわたしに嘘《うそ》はつかない。だから、本当のことなんだよ……！」

必死に言い募る晴を、他人事《ひとごと》みたいに眺める。

まれびとは早死にする。まるで実感など生まれない。そもそも夜花は普段、己がまれびとであることすら忘れそうな暮らしをしている。術師の勉強はしているけれど、まれびとであると言えるなにかはない。

「坂木さん。どうしよう。わたしたち、もしかしたら殺されちゃうかもしれない……！」

「小澄さんは、どうしてそれを私に？」

夜花から湧き出たのは、そんな疑問だった。殺されてしまうかも。でも、今すぐではないだろう。少なくとも、百年前のまれびとは結婚して子どもを持つくらいの期間は生きた。

深刻そうな顔で、すぐ夜花に伝えなくてはならないと判断した晴の意図は？

晴は震える手を胸の前で握りこんだ。

「こんな怖いこと、ひとりじゃ抱えきれなくて……。それに、わたしのことは瑞李が守ってくれる。でも……坂木さんは違うでしょう？」

「…………」

「まれびとを守る人を、護《まも》り手っていうんだって。わたしの護り手には、瑞李がなってくれた。坂木さんは？　あの社城千歳くんって中学生の子しかいないんでしょ？　そんなの危ないよ」

護り手か、と夜花は口の中でつぶやく。

晴は知らないが、千歳は不老不死で、ずいぶん長生きしているらしい。実力のほどは定かでないし、序列に入っていないけれど、懐の広い、心強い術師だ。夜花は特に不安は感じていない。

それよりも、気になるのは晴の言動のほう。

(ひとりで抱えきれなくてって、本当?)

晴の揺れる瞳に、ほのかに映る色。不安や心配、恐怖。それらがあるのは本当。けれど、それら以上に。

「坂木さん。坂木さんは、社城家から離れたほうが……いいと思う」

おずおずと提案する晴。ほとんど、夜花の想定したとおりの提案だった。

「強い護り手もいなくて、能力も見鬼しかないんでしょう? だったら、坂木さんは社城家から離れたほうがいい。きっと今ならまだ間に合うよ。わたし、坂木さんが心配なの。坂木さんが死んじゃったら嫌だから……っ」

「そうだね」

夜花の答えに、晴ははっとして、わずかに表情を明るくする。

「そ、そうだよね。やっぱり、死ぬなんて……怖いもん。できるなら、まれびとなんてやめちゃったほうが――」

「私と小澄さんって、似ているよね」

夜花は晴に背を向け、彼女の言葉を遮った。急にまったく関係のない話を始めたので、晴が戸惑うのが、背中越しに伝わってくる。

雨がしとしとと降り続いている。依然、夜花の足元はぬかるんで、不安定なまま。いつでも夜花を呑《の》みこんで、地の底に落とすだろう。でも、千歳が乾かしてくれるから、そのうち固まるんじゃないかと期待している。

晴も、たぶん同じ。

「坂木さん……？」

「小澄さんの家に行って、私、小澄さんのことちょっとわかった。全部は理解できてないと思うけど、ほんのちょっとね。私と似てたから」

「わたしと坂木さんは、似てない……と、思うけど……？」

そう。きっと晴の目には、夜花はとても強い女の子に見えているのだ。彼女の夜花への接しかたを見ればわかる。いつも敬語に近い一歩引いた遠慮がちな口調で語りかけてきて、まるで目上の人と相対しているよう。

「似てるよ。……ごめんね、小澄さん。これから私、ちょっと嫌なこと言うけど」

くるり、と身を翻し、夜花は真正面から晴と向かい合った。たぶん、今の夜花は少し怖い顔をしているはずだ。でも、笑って取り繕うことはできそうにない。

「小澄さんは、私をまれびとではない、普通の人にしたいんだよね」

「あ……そ、そう、なのかな」

「まれびとが二人いるのは、前代未聞らしいね。ただでさえ早死にするまれびとが二人もいたら、片方はもっと早く淘汰《とうた》されてしまうかもしれない。片方をまれびととして持ち上げて、もう片方は生贄《いけにえ》みたいに、身代わりみたいに、捨て駒にされるかもしれない」

晴が、ぐっと息を喉に詰まらせる。

「どっちにしろ、もし私がまれびとだと社城家の全員に認知されたら、小澄さんの希少性、特異性は薄れてしまう。まれびとの地位が脅かされるかもしれない。せっかくの居場所を失うかもしれない。……そう、考えたんでしょ」

逆の立場だったら、夜花も同じことを考えていた。

まれびとになってようやく手に入れた、自分を大切にしてくれる場所。ずっと求めて、手に入らなかった居場所が、ついに手に入る。しかも最高に盤石な形で。

なのに、そこには自分の地位を脅かしかねない不安要素がある。ならばそれを排除しなければ、と。

「坂木さん……なに言ってるの？　ひどいよ。わたしはただ、坂木さんを心配して——」

「うん。わかってる。小澄さんは本当に、私を心配してくれてるんだよね。クラスメイトが死ぬとか考えられないし、怖いし」

晴が夜花を心配しているのも、たぶん嘘ではない。けれど、『心配』で念入りにコーティングしたその内側には別の望みがある。

「でも、それだけじゃない。『心配』を口実に使っているところも、あるでしょ？」

「ない……っ、ないよ、そんなの！　ひどい！」

晴は必死にかぶりを振る。彼女自身、わかっていないのだろう。自分が真に望んでいることを。自分のことは自分が一番わかっているというけれど、実際には、他者の目からのほうがよく見えていることもある。

「小澄さん、落ち着いて。決して、責めるつもりはないの。でも……私も、欲しいのは同じ。このチャンスを逃したくないと思ってる」

「チャンス……？」

「まれびとという、確固たる居場所を、存在価値を手に入れるチャンス」

晴の顔が衝撃で強張《こわば》り、蒼褪《あおざ》める。

たぶん、己の心の奥底の、真なる望みに気づいてしまったのだろう。

誰かに必要とされたい。誰かに大切にされたい。なぜならそういう存在価値こそが、「そこにいていい」という許しになるから。

まれびとという地位は、わかりやすい『価値』だ。たとえ、どんなに危険で、長生きができないとしても。

互いに黙って見つめ合う。しばらくすると、晴がうつむいた。その肩は震えている。

「じゃあ……てよ」

「え？」

「じゃあ、坂木さんはまれびとをあきらめてよ！　わたしに、譲ってよ！」

顔を上げ、一歩、身を乗り出して、晴が夜花に迫った。その剣幕に、夜花は思わずたじろぐ。

「そこまでわかってたなら、そんなふうに冷静に見られるほど余裕があるなら、まれびとの座くらいわたしに譲ってくれてもいいじゃない！　もう嫌なの！　わたしはあのお屋敷《やしき》で瑞李やいい人たちに囲まれて暮らしていたいの！　とらないでよ！　わたしは、坂木さんと違って他にはなにもないの！」

晴の叫びは、痛いほど夜花に刺さる。

（余裕なんてないよ……）

ただ少し、夜花のほうが足掻《あが》くのに疲れているだけ。その分、一歩引いて状況を見られているだけだ。

夜花が晴のように金鵄《きんし》憑《つ》きの男性に見初められ、まれびとだと祭り上げられたら、きっと有頂天になって周りが見えなくなっていた。やっと自分の居場所を得られたのだと、うれしくて堪《たま》らないだろうから。

「──譲らないよ」

怯《ひる》む心を押し込めて、夜花は晴を真《ま》っ直《す》ぐに見る。

「私も居場所がほしい。千歳くんのそばがいい。だから、譲らない」

譲れるものなら、とっくに譲っている。けれど、夜花だって、千歳と一緒に居場所を探したい。自分がいていい場所を見つけたいのだ。その気持ちは、晴にも負けていない。

晴の顔が苦しげに歪《ゆが》む。その目から、ぼろぼろと涙がこぼれて落ちた。

「ひどいよ……坂木さんが相手じゃ、どうせわたしは勝てっこない。負けるに決まってるじゃない……」

「つがいの人がいるでしょう。まれびとじゃなくても、小澄さんには居場所がある」

「そんなの、わかんないよ……！　わたしがダメな人間だってわかったら、いつか瑞李も離れていくかもしれない。まれびとは死ぬ運命だっていうなら、瑞李もわたしが死ぬことを当然だって受け入れてしまうかもしれない」

晴は泣き崩れる。

結局、瑞李は自分に嘘をつかないとか、信用していると口にしてはいても、心から彼を信じられてはいないのかもしれない。

その場にへたり込んで泣く晴を見下ろし、夜花はやるせない思いを抱く。

雨が、降り続いている。

雨足が強くなり、ざあざあと激しい音を立て、屋根にはしきりに大粒の水滴が叩《たた》きつけられる。たくさんの水の音が重なり合って、雨音となっていた。

ふと、いっさいの音が止《や》んだ気がした。

（え？）

夜花は目線を上げる。

違う。音はずっと、止まずに響いている。だが、あたりに異様な気配が満ちているのに気がついた。この気配、つい先月までなら気づかなかった種類のものだ。つまり、怪異や神秘の気配。

泣きじゃくる晴はまだ気づいていない。

「壱号《いちごう》さん。この気配って……」

《近いのです。強い力なのです。警戒するのです！》

いつになく険しい壱号の声に、夜花は全身を緊張させる。

「ねえ」

緊張する夜花のすぐそばで、呼びかける低い声がした。一瞬、息を呑んで、夜花はすぐさま三歩ほど後退《あとずさ》る。

声のしたところに立っていたのは、ひとりの男。

オーバーサイズのTシャツに、同じくだぼだぼのジーンズ。ネックレスに指輪にピアスといったアクセサリを、身体《からだ》のあちこちにつけている。若そうに見えるものの、実際に若いのか、チャラついた格好が若そうに思わせるのか、判断が難しい。

眠たそうな半開きの目が、夜花と晴を順々に見遣《みや》る。

「ねえ、どっちがまれびと？」

まれびと、と聞いた瞬間、夜花の背筋に悪寒が走った。まれびとを知っている。それは、つまり……彼が、まれびとを狙う者であるということ。

男の風貌や目つきを見れば、穏やかな会話が成立するとはとても思えない。

夜花は咄嗟《とっさ》に晴の手を掴《つか》み、引いていた。

「立って！　逃げるよ！」

「さ、坂木さ」

「いいから、早く！」

捕まったらまずい。直感的にそう判断した夜花は、晴の手を引いて雨の中を外へ向かって走り出す。上履きのままだが、悠長に靴に履き替えている時間はない。

男は得体が知れない。他の生徒たちを巻き込むわけにもいかず、夜花は雨に打たれながら、校舎の裏手、先日、晴と話した付近まで走った。

「きゃっ」

雨で濡《ぬ》れた路面に足を滑らせて、晴が転ぶ。手を引いていた夜花もつられて転びそうになるのをなんとか堪えた。

「小澄さん、早く立って！　逃げないと……！」

「もうやだ……」

「小澄さん！」

「もうやだよ！　どうしてわたしばっかり、こんな目に遭わなきゃいけないの!?　わたしがなにしたっていうの!?　瑞李、助けてよ、瑞李……っ」

濡れた髪を振り乱し、立ち上がりもせずに晴が泣きだす。

（もうやだ、はこっちのセリフなんだけどっ）

晴をおいて、自分だけ逃げたい。しかし、さすがにそれは良心が咎《とが》めて、夜花は迫りくる男と大泣きする晴を見比べながら、ただ焦燥だけを募らせるしかない。

どうする。あの男が何者かは知らないが、壱号に対処を任せてなんとかなるだろうか。

「壱号さん」

《期待するな、なのです。あの男は――》

「序列六位、宗永鳩之《むねながはとの》。まれびとはそっちの泣いてる子？」

驚異の身体能力で一気に距離を詰めてきた男――宗永は、夜花の顔を覗《のぞ》き込んでから、晴に狙いを定めたようだった。

どうやら、夜花からはまれびとの気配を感じとれなかったらしい。

宗永の手が、泣いている晴に伸びる。

「壱号さん！」

《月白の盾！》

壱号が晴と宗永の間に盾を張り、夜花は宗永の腕を両手で摑む。

「小澄さん、逃げて！　早く！」

我ながら、馬鹿なことをしていると、夜花は思う。

捕まってまずいのは夜花も同じ。夜花もまれびとであることは、今は気づかれていなくとも、詳しく調べられたらわかってしまうだろう。

そうしたら、待っているのは……少なくとも、愉快な展開ではない。

晴は動こうとしなかった。すべての希望や期待を絶たれたかのような虚《うつ》ろな瞳で、涙をこぼしつつ、ぼんやりと夜花たちを見ている。

「うるさいなぁ」

宗永はしまりのない口調でつぶやき、片腕の力で夜花を弾《はじ》き飛ばすと、壱号の月白の盾も手で払う仕草ひとつで砕いてしまう。

「うっ」

路面にしたたかに尻を打ちつけ、夜花は呻《うめ》く。びりびりと、痺《しび》れるような痛みが走ってすぐには立ち上がれない。

《だから、序列十位以内とは、まともに戦ってはいけないのです！　やつらは別格なのです……！》

悔しそうに唸《うな》る壱号をまったく気に留めず、宗永は再び晴へと手を伸ばした。

「だめ……っ」

夜花は痛む身体をどうにか動かし、宗永の片脚にしがみついてその動きを止める。「鬱陶しい」のひと言とともに振り払われるが、あきらめず宗永の前に立ちふさがった。

「まれびとを、どうする気ですか」

「君、見たことない顔だけど、社城の関係者？　どうせ序列者のおれには敵《かな》わないんだから、どいてくれない？」

夜花の問いには答えず、自分本位な発言を返す宗永。会話は成り立ちそうにない。説得して帰ってもらうのは無理そうだった。

雨に打たれ続けたせいで、身体が冷えていく。夏でも寒さで震えが走った。それでも、夜花は真正面から、宗永の行く手を阻む。

「どかない」

「そ。じゃ、お前、死刑ね。あいにく、まれびと以外は殺すなって言われてないし」

宗永が、ねっとりとした嗜虐《しぎゃく》的で厭《いや》な笑みを浮かべた。

《夜花、無茶なのです！　うさの力ではお前を守りきれないのです！》

頭上で壱号が怒鳴っているのは耳に届いていたが、夜花にはこれ以外にどうしようもない。

胸が破裂しそうなほど、心臓が強く脈打っている。

宗永が片手を宙に差し出す。すると、彼の腕に黒い斑点がぽつ、ぽつ、と浮かび上がってきた。よく見ると、それは斑点ではない。ひとつひとつが黒い、蟲《むし》だった。

ひ、と夜花は喉奥で悲鳴を呑《の》みこんだ。

「行け」

蟲たちは宗永の指示を受け、彼の身体を這《は》って伝い、地面へと次々に降りてゆく。丸っこいものもいれば、細長いものもいる。何体もの蟲たちが真っ直ぐに夜花のほうへ向かってくる。

「い、いや……っ」

《盾を！》

壱号が必死に叫び、白い光の盾が顕現するが、蟲が触れるとその毒に侵食されるように、端から溶けて消えていった。

蟲たちには毒がある。夜花はなぜかそれを知っていた。あれに触れられたら死ぬ、と。

（どうしよう、どうすれば）

恐怖で真っ白な頭の中、死にものぐるいで思考を巡らせる。けれど、答えなど出るはずがない。蟲への対処の仕方など、そもそも夜花の持つ知識にはないのだ。

「や……」

背中じゅうを、怖気《おじけ》が這いまわる。まだ蟲に触れられていないのに、触れられたことを考えるだけでぞくぞくと嫌な感覚までも再現されてしまう。

「いや、来ないで……っ！　私に、触れないで！」

雨の音に負けないほどの、絶叫。目を瞑《つぶ》り、夜花はがむしゃらに声を張り上げた。

「は？」

宗永の反応は、ずいぶんと間の抜けたものだった。

おそるおそる目を開けると、夜花のすぐ目の前で蟲たちの動きがぴたりと止まっていた。微動だにせず、見事なほどに静止している。

（これって……）

あのときはほんの数瞬だったけれど、トンネルのときと同じだ。あのときも、夜花の声に応えるかのように、霊たちが動きを止めていた。

「おい、なんで……動け、動けよ！　お前ら、おれの蟲だろうが！　ふざけんな！　おれに従え！」

焦った様子で宗永が呼びかけるも、蟲たちはぴくり、と少しだけ反応してすぐまた動かなくなる。

なにが起こっているのかはわからないが、とにかくこれはチャンスだ。しばらく経《た》てば待ち合わせ場所に来ない夜花を心配して、千歳が駆けつけてくれるはず。壱号がいるので、果涯《かがい》に依頼に付き合わされたときと同じように、千歳なら場所をたどれる。

この隙に、時間を稼がなければ。

「小澄さんっ、しっかりして！　立って、逃げなきゃ」

座り込んだままうなだれる晴をなんとか立たせ、その背を押して、走るよううながす。

「なに、逃げようとしてんの」

低く唸るように、背後で宗永が言うのが聞こえた。のろのろと足を動かす晴を励ましながら夜花は後ろを振り返り、息を吞む。

宗永の右手がズボンのポケットから、なにかを取り出した。二つ折りのそれが開かれたとき、夜花はそれがなにかを悟った。

――サバイバルナイフ。

蟲を使い始めた時点で彼が術師だとわかり、物理的に人を傷つける手段を持ち出す可能性を失念していた。

手足も内臓も、全身が凍りつく。

宗永がナイフをかまえるのを、瞬《まばた》きもできずに見ていることしかできない。

雨に濡れ、てらりと鈍く光る切っ先が真《ま》っ直《す》ぐに夜花をめがけて突き出される。

《夜花！》

壱号の甲高い悲鳴と、二の腕に走る鋭い熱、衝撃。

「ちっ、外したか」

「う、あああっ」

あまりの熱さに夜花は二の腕を押さえ、膝をついた。左の二の腕が燃えるような熱を持ち、汗が噴き出す。

心臓がばくばく鳴っている。

刃物で切りつけられて怪我《けが》を負うなど初めてで、ショックと恐怖と痛みで頭がどうにかなりそうだった。

《夜花、夜花！　しっかりするのです！》

壱号の呼ぶ声が遠い。耳鳴りがひどく、防衛本能が働いているのか、脳が身体《からだ》の感覚をぼんやりと鈍らせていくのを感じる。

赤い血と雨の水が混ざり、腕を伝って延々と流れ落ちていく。

「さ、坂木さん……」

恐怖に怯《おび》え、呆然《ぼうぜん》と晴がつぶやいた。早く逃げろと怒鳴りたかったけれど、痛みで喉からは呻きしか出てこない。

ふいに、夜花は強く横に突き飛ばされ、ぬかるんだ地面に倒れこむ。次いで、背中に鈍い痛みが走った。数拍遅れて、夜花は自分が蹴られて踏みつけられているのだとわかった。

「お前、さっきからなんなの？　おれの邪魔ばっかかして」

苛立《いらだ》つ宗永の靴底が、ぐりぐりと背中に食い込む。

（痛い、痛い、痛いっ）

夜花は、目尻に涙が滲《にじ》むのを止められなかった。どこもかしこも痛くて、息まで苦しい。

《この、下郎め！　夜花から足をどけるのです！》

怒りをあらわに壱号が宗永に飛びかかる気配がするも、「うるさい」とあっけなく弾かれてしまう。

（私、ここで本当に死んじゃうのかな……）

宗永はたぶん、人を殺傷することに抵抗がない。このままでは、遅かれ早かれ夜花は殺されるか、再起不能の怪我を負わされるだろう。

だんだん、意識が朦朧《もうろう》としてくる。

けれど――そのとき、急にふっと身体が軽くなるのを感じた。

「夜花！　夜花、しっかりして」

温かく、優しく、全身がなにかに包み込まれる。人の腕だ。細くて、でも、安心できる腕。

重い瞼《まぶた》を上げると、眼前に世にも美しいしかめ面があった。

「千歳くん……」

その名を口にしてはみたものの、上手《うま》く音にできた自信はない。けれど、千歳は安堵《あんど》に目元を和らげる。

「ごめん、遅くなった」

「ううん。……平気」

首を巡らせて視線を移せば、震え上がって尻もちをついている晴の周りに、白いゆきうさたちが集まっていた。

おそらく、彼女を守っているのだろう。

「助かった、みたいな空気出しちゃってるけど、なにお前。序列者じゃないやつが、なんの用なわけ？　おれ今、超ムカついてるから手加減できないよ」

宗永が手の中でナイフを弄び、憎々しげに言う。千歳は一度だけ、夜花に微笑《ほほえ》みかけると、真っ向から宗永と対峙《たいじ》した。

「あんたこそ、夜花をこんなに傷つけてただで済むと思うなよ」

千歳の声色は聞いたことのない響きをしていた。すさまじい憤りが伝わってくる。

そして、目にもとまらぬ速さで千歳は宗永に肉薄、宗永の顎に向かって掌底を繰り出した。それは間一髪、宗永に躱《かわ》されるが、千歳は小柄な体格を生かし、素早い動きで続けて宗永の懐に入り込んで、次々に攻撃を仕掛ける。

「うっざ、ちょこまかと！」

ギリギリで躱し続ける宗永は、盛大に眉をひそめた。その隙を、千歳は見逃さない。千歳の拳が閃光《せんこう》のように、宗永の腹に突き刺さる。

「ぐ……っ」

苦痛に顔を歪《ゆが》めた宗永。が、すぐに彼の唇はにやり、と弧を描く。

「お前、本当にこれでおれに勝てると思ってるわけ？」

千歳は答えない。依然として険しい表情を浮かべる彼の腕を、宗永が摑《つか》んだ。宗永の腕に、再びあの黒い斑点が浮かびあがる。

「ほら、おれの勝ちじゃん」

「あんた……蟲憑《むしつ》きか……！」

そう呻《うめ》き、千歳は慌てて突き出して摑まれた腕を引っ込めようとするが、大人と子どもの体格差ゆえか、びくともしない。

「おれは触れただけで勝ちだから、お前は最初から詰みなんだよ」

ざわざわと黒い斑点が宗永の腕を蠢《うごめ》きながら動き、摑んだ手を伝って千歳のほうへ移っていく。

「千歳くん！」

夜花は思わず叫んでいた。

あの蟲に触れられたらまずい。やはり、本能がそう告げている。千歳は自分は不老不死だと言っていたけれど、夜花はまだ確信できていない。このまま千歳に蟲の毒が回ってしまったらと思うと、身体の痛みすらどうでもよくなりそうだった。

蟲たちは続々と宗永から千歳に移っていき、次第に千歳の肌を黒い斑点が覆っていく。

「く……この毒は」

ついに千歳は苦しげにその場に膝をついた。空いた手で心臓のあたりを押さえ、呼吸はひどく荒い。

「死刑だよ、死刑！　早く死ね」

苦しむ千歳を見て、宗永が嬉々《きき》として囃《はや》し立てる。

（どうかしてる）

おおよそ常識的に考えて、まともな大人の行動とは思えなかった。夜花は千歳のもとへ駆けつけようと、どうにかこうにか身をよじる。しかし。

（えっ）

ちらりと、千歳の視線が背後の夜花に向かって、「動くな」と訴えてくる。

確かに夜花が駆けつけたところで、できることは多くない。でも、宗永から千歳を引き剝がす助けくらいにはなれる。

（なのに、どうして）

そうしているうちにも、千歳の身体からはどんどん力が抜けていっているようで、彼の手はだらりとただ、垂れ下がっている。

「あ、そろそろ死んだかな。ずいぶん抵抗したみたいじゃん。普通なら蟲《むし》に皮膚を這《は》われただけでほぼ即死なのにさぁ」

「そんな……」

軽い調子の宗永の言葉に、夜花は手で口許《くちもと》を押さえた。

千歳の首は完全にうなだれ、手にも脚にもまるで力が入っていない。宗永に片腕だけを摑まれている様は、子どもに遊ばれる人形を連想させた。

《夜花、安心するのです。あのガキはあの程度では死なないのです》

頭上から壱号の声がして、我に返る。

「壱号さん？」

「ゆきうさども、仕事だ」

小さいけれど、確実に聞こえた千歳の声。宗永が目を剝《む》いて千歳を見下ろすが、おそらくその様子を確認しないうちに、宗永の身体は後方に撥《は》ね飛ばされた。

「うわっ」

初めはゆっくりと、しかし、みるみるうちに千歳の四肢に力が戻り始める。そして、千歳は立ち上がった。

「なんで、死んでない……!?」

呆然と問う宗永を無視し、千歳は今度こそはっきりとゆきうさたちに命じる。

「ゆきうさ——月暈《つきがさ》の衣を」

《強引に代償を取り戻すのは、身体に負担でしかない自滅行為なのです。が……しかたないのです》

やれやれと鼻を鳴らし、壱号が夜花の頭を飛び降りて、千歳のもとへ大きく跳躍した。他の、晴を守っていたゆきうさたちも、ぴょん、ぴょん、と次々に跳躍し、千歳のもとへ集う。

その後の光景は、にわかに信じられなかった。

中学生だったはずの千歳の身体は、本来の年齢らしい、二十代の青年の肉体へと急激に成長する。そのしなやかな身体つきに合わせ、まるで月の光を紡いで糸にしたような、美しい乳白色の薄衣《うすぎぬ》が瞬く間に織られ、彼を覆った。

艶《あで》やかな髪が雨の雫《しずく》をまといながら、薄《うっす》らと光をまとって衣とともに宙に靡《なび》く。雨に煙り、灰色ばかりだった世界に、淡い光が満ちていく。

その姿はまさに月天のごとく。

彼が月の神であると言われても、これを見たらきっと疑うことはない。

長いまつ毛に縁どられた、月の静謐《せいひつ》さを思わせる瞳が、正面から宗永をとらえる。

「あいにくだけど、俺は老いと死とは、無縁でね」

「どうせ見かけ倒しに決まってる！　行け！」

宗永は若干、焦りを見せて再び蟲を千歳にけしかけた。けれども、千歳はまったく動じず、その場から動かない。

否、動く必要などなかった。

蟲たちは一定の距離まで千歳に近づくと自動的に、例外なく、一匹残らず塵《ちり》と化していったのだ。

ざあ、という音が聞こえるようだった。蟲はどれも、瞬時に消え去る。千歳から三十センチ離れたあたりで、皆、粉々になっていった。

「触れただけで勝ち、だったか？　なら、触れさせなければいいだけだ」

淡々と千歳は宗永に告げる。

「くそ……調子に乗ってんなよ、くそ雑魚のくせに序列者《ランカー》に歯向かうとか、ありえないんだよ！」

宗永は喚《わめ》き散らしながら、サバイバルナイフを手に千歳に突っ込んでいく。

夜花のときとまったく同じだ。己の怪異が効かないとなると、物理的な手段に出る。夜花は刃の前ではまったくの無力だった。しかし、千歳は違う。

宗永の突き出したナイフの切っ先は千歳の鼻先、十センチほどでぴたり、と止まり、完全に動かなくなった。

「は……？　なんだよ、これ」

宗永が必死にナイフを前後、左右、上下に動かそうとするものの、ナイフは宙で静止したまま、さながら映像を一時停止しているかのごとく、動かない。

「ただ『動』を『静』にしただけだよ。いちいち大騒ぎするな」

ひやりとする言い方だった。宗永に向ける千歳の威圧感は、傍《はた》から見ているだけでも肝が冷える。そのくらい、圧倒的な覇気を千歳は放っていた。

力量に差がありすぎる。

千歳は静かに歩を進め、宗永に近づく。そして人差し指を出すと、宗永の額にかざした。

その動作だけでなぜか宗永は白目を剝き、失神。崩れ落ちて倒れこむ。

（お、終わった……？）

いつしか雨はやみ、雲の切れ間から薄く夕日が差している。宗永が倒れ、なんとか一段落したのだとわかった途端、夜花の身体《からだ》はどっと重たくなった。

「晴！」

遠くで、晴を呼ぶのは瑞李の声だ。怯《おび》えたまま硬直して動けなくなっていた晴が、その声でようやく正気を取り戻す。

「す、すいり……」

すぐさま駆け寄ってきた瑞李は、滂沱《ぼうだ》の涙を流す晴を抱きとめた。

「遅くなって、悪かった。僕がいれば、晴を怖い目になんか遭わせなかったのに……」

「怖かった、すごく、怖かった……っ！」

うわあん、と泣き出した晴の背を、瑞李が懸命にさすって慰める。その光景を見ていると、夜花も心なしか、張りつめていた気が緩んでいくようだ。

「夜花。怪我《けが》は」

いつの間にか、そばに千歳がいる。大人の姿に戻った千歳はやはり、神々しく美しい佇《たたず》まいで、なんとなく気後れしてしまう。

「大丈夫だよ。千歳くんこそ、……本当に死んじゃったかと思った」

千歳の手からだらりと力が抜けるのを見たときは、頭が麻痺《まひ》したように凍りついてショックを受けるばかりだったけれど、遅れてじわじわと恐怖が湧き上がってくる。

一歩間違えたら家族のようにまた、失ってしまうところだったのだと。

身体の芯から寒気を感じ、震えた。

「夜花」

千歳の白い手が、夜花の頬を撫《な》でる。その指先のぬくもりが、彼が生きていることを証明してくれる。

自分の目に薄い涙の膜が張るのを、夜花は止められなかった。

「大丈夫だよ、夜花。俺を失う心配はしなくていい。俺は決して死なない。あんたのそばにいて、ずっとあんたの居場所であり続けると約束する」

「うん……、うん」

頬に当てられた千歳の手の上から、己の手を重ねる。こぼれる涙を止めることもせず、夜花は何度もうなずいた。

この手だけは信じていいのだと、実感する。

しばらくして涙を拭い、夜花は顔を上げた。

「そういえば……千歳くん、新月じゃなくても大人に戻れるんだね」

「あー」

訊《たず》ねた夜花に、複雑な表情で千歳は目を逸《そ》らす。

「実はこれ、かなり強引な手段だから、今晩か明日には確実に寝込む」

「え⁉」

「だから、看病とかしてくれたらありがたいんだけどな――……な――んて」

ははは、と笑う千歳。夜花は半ば呆《あき》れて、けれど、しかたないなと笑みを返した。

寝込むのを予告し、なおかつ看病をねだるなんてどうかと思う。が、千歳が助けてくれなければ、夜花は死んでいたかもしれない。

「いいよ。じっくり、たっぷり、思う存分、看病してあげる」

いつものお返しに、これでもかと念入りに世話を焼こう。夜花がそう企《たくら》みながら答えると、千歳は「なんか目が怖いんだけど」とちょっと引いていた。

「社城千歳」

会話が途切れたところで、瑞李が神妙な顔で千歳に近づいてくる。その後ろでは、目の周りを真っ赤にした晴が、心配そうに瑞李を見つめていた。

瑞李は強く唇を引き結ぶと、意を決したように千歳の足元に跪《ひざまず》く。

予想外の彼の行動に、夜花も晴も息を呑《の》んだ。

「いや——月君《げっくん》」

聞き慣れない呼び名を口にし、瑞李は深々と千歳に首を垂れた。それは君主に忠誠を誓う騎士に似ていた。

「顔、上げなよ。序列一位がそんなふうにしたら、示しがつかない」

「昔、屋敷《やしき》であなたのその姿を一度だけ見かけたときに、当主に……父に聞いた。あなたは、社城家の生ける宝なのだと。社城の宝を敬うのは、当然のことだ」

「宝？」

「社城家の千二百年以上の歴史でただひとり、当主を二度務めた人だと」

一向に顔を上げない瑞李を見下ろし、千歳はため息をついて肩をすくめる。

「大げさだな。俺はただ長生きしてるだけだし、現当主や幹部たちの間では『古狸《ふるだぬき》』で通ってる。宝なんてたいそうなものじゃない」

「これまでの数々の非礼をお詫《わ》びする」

「あんた、人の話、聞いてる？」

夜花は思わず噴き出した。二人の会話があまりにちぐはぐすぎる。

気にかかることは、いろいろとある。だが、それまでの不安や恐怖はもうなかった。

八章「千歳くんは隠しごとばっかりだから」

夏らしい真っ青な空に真っ白な雲、爽やかな早朝の空気が心地よい、よく晴れた朝。

社城《やしろ》家の屋敷の離れにて、窓を開けた夜花《よはな》は、風に乗ってふわりと香る柑橘《かんきつ》の香りに、思わずつぶやいた。

「あ、この香り」

「んー……夜花、どうかした？」

部屋に敷かれた布団から、呻《うめ》きとも問いともつかぬ、ぼんやりした声が聞こえる。

「千歳《ちとせ》くんは、気にしなくていいから。ちゃんと寝なきゃダメだよ」

「うん……」

夜花が振り返って注意すると、また布団がもぞもぞと動く。

予告どおり、千歳は大人の姿に戻った一昨日の、その晩にはもう元の姿に戻って体調を崩した。

昨日までは高熱を出し、受け答えさえも怪しい有様《ありさま》だったけれども、今朝は幾分、落ち着いているようだ。

「……で、なんの香りだって？」

布団を首元まで引っ張り上げた千歳が、あらためて問うてくる。どうやらそのまま引く気はないらしい。たぶん、丸一日以上寝込んで、退屈しているのだろう。

熱で潤んだ瞳で見つめられれば、夜花も無下にはできない。

「あきらめ悪いなぁ、もう。……このお屋敷の敷地《しきち》で、柑橘っぽい香りがするでしょ。なんの香りなのかなって。前から気になってたの」

「ああ、そのことか……」

ふう、と千歳は息を吐いた。

「あれは――橘《たちばな》の香りだよ」

「橘？」

てっきり、柚子《ゆず》とか金柑《きんかん》とか、そんな答えが返ってくると思っていた夜花は、目を瞬《しばたた》かせる。

橘。名字としては歴史上の人物などで馴染《なじ》みがある。しかし、植物となるとあまりピンとこなかった。

「柑橘……というか、ミカン科の低木で、『花橘《はなたちばな》』、つまり橘の花は社城家の家紋でもあるから、屋敷のあちこちに植えられてるんだ。もう時季はすぎてるけど、つい最近まで花が咲いていたから、今くらいの季節はまだ香りが残ってる。このあたりは他の地域より開花が遅いしね」

「へえ……咲いてるお花、見てみたいな」

「白くて綺麗《きれい》だよ。来年見てみればいい」

「だねー」

部屋の中に沈黙が落ちた。

千歳と話したいことはいろいろあって、言葉を選んでいるうちに、どれから話せばいいかわからなくなる。

窓から夏のぬるい風が吹き込んで、カーテンを揺らした。

「千歳くん、暑くない？　窓閉めて、エアコンにしようか？」

「まだいい」

布団の中で身じろぎした千歳は、つらそうに顔をしかめる。

熱による全身の倦怠《けんたい》感もさることながら、どうやら節々や骨も痛むようだった。それが、神に奪われたものを無理やり取り戻す代わりに課せられる、千歳の贖《あがな》いなのだという。

千歳が大人になったのは夜花を守るためだし、致しかたなかった。

だというのに、贖いが必要なのかと夜花は理不尽に感じたが、千歳がいうには、神とはそういった一時の感情で対応を変えるような存在ではないらしい。

(神さまは臨機応変って言葉を知らないのかな)

とんだわからず屋だ、神というのは。

「それで、夜花。一昨日の件はどうなった?」

千歳に訊ねられ、夜花は背筋を正した。

「うん。昨日の幹部会で、いろいろと決まったみたい。……まず、序列六位の宗永鳩之《むねながはとの》は十位に降格だって」

「降格……甘い処置だな」

「それは当主さまも、申し訳なさそうにしてたよ」

「まあ、たぶん、鳩之の祖父で幹部の、社城嗣支《つぐし》あたりがごねたんだろうし、古株相手に当主じゃどうにもならなかったんだろうね」

昨日、幹部会が終わるなり母屋に呼び出され、夜花は貞左《ていざ》から直々に、幹部会で決定した内容について聞かされた。

宗永のこともそのひとつ。そして、忘れてはいけないのが。

「あと、宗永鳩之の自宅から、匣《はこ》が見つかったたって」

「匣？」

怪訝《けげん》そうに眉を寄せる千歳に、夜花はうなずいた。

「ある廃村……あの、動画配信者の件で、動画内である匣が見つかったんだけど、どういうわけかそれが宗永鳩之の部屋から出てきたみたい」

これを聞いたときは、心底驚いたものだ。

確かに動画の中で、彼らはおかしな匣を発見していた。がらくたを持ち帰ってきた彼らのことだ、あの匣も持ち出してきていてもおかしくはない。しかし、なぜ、鳩之がそれを持っていたのか。

『あの、動画に霊能者の方が出ていましたけど……それが彼だった可能性は？』

夜花は貞左に訊ねたが、これははっきりと否定された。

『社城家の序列者ならすぐにわかる。怪異憑《つ》きがその気配を隠すことは、残念ながらほぼ不可能でね』

ちなみに、あの霊能者はあれきり連絡がついていないそうだ。おそらく、霊障で再起不能なダメージを負ったのではないかとは、果涯《かがい》の見立てである。

「で……その匣ってのは、危険なものなの？」

「らしいよ。どんな仕組みなのかわからないけど、なにをどうしても開かないんだって。

並の術師だと触れるだけでも危険だから幹部会で管理するって」

「ふうん」

「それで、その匣とそれが見つかった廃村について、千歳くんと私と……果涯さんの三人で調査するようにっていうのが、幹部会から下った命令」

「は？」

ぎょっとして訊《き》き返した千歳に、夜花も苦笑いする。

廃村は境《さかい》ヶ《が》淵《ふち》の近くではあるが、山間で、何十年も前から放置されてきた場所だという。しかし、今回の動画配信者の件で危険性が示唆された。よって、社城家の術師による調査が必要と判断されたのだ。

もとより、この件は果涯の担当であるし、夜花はそれに付き合った身。そして、千歳は夜花の護《まも》り手なので、その三人に担当させようということになったらしい。

当主の貞左としては、果涯なら夜花がまれびとであると気づいているので都合がいい、という理由もあるのだろう。

「うわ……マジでか」

「うん。……千歳くんがダウンしてる間の私の護り手も果涯さんだしね……」

遠い目をする。あれでも序列四位だからなぁ、というあきらめの目である。

夜花がまれびとであることを承知していて、そばにいても不審でないくらい歳《とし》が近く、実力が確かな序列上位者。なるほど、果涯は夜花の護り手として適任ではあるのだが。

夜花としてはストレスが溜《た》まりそうである。

おまけに廃村の調査もしなくてはならない。

（私の力、なにか役に立つかな）

夜花のまれびととしての能力は、着実に開花しつつある。見鬼しかないと思っていたけれど、たぶん違う。

当主からは、千歳や果涯、瑞李《すいり》、晴《はれ》など、夜花がまれびとであると知っている者の前なら、遠慮なく能力を使っていいと許しをもらった。そして、使っていくうちに能力は伸びていくだろうとも。

どうなるかはまだ、夜花自身にも未知数だ。

夜花はポケットからスマホを取り出し、時間を確認する。

「そろそろ行かなくちゃ」

「祖母《ばあ》さんのところ？」

「うん。今度こそ、ちゃんと話をつけてこないといけないから」

がんばれ、と励ましてくれる千歳に笑いかけ、立ち上がる。部屋を出ると、松吉《しょうきち》がいた。

「松《まつ》さん。千歳くんのこと、お願いします」

「坂木《さかき》さんも、気をつけて」

「はーい。あ、呼び方、夜花でいいですよ。一緒に住んでるのに他人行儀すぎるのも、どうかと思うので！」

夜花は気恥ずかしさを押し隠して元気いっぱいに言い残し、玄関から外へ出た。

相も変わらぬやけに広い屋敷《やしき》の庭を抜け、門の近くまでくる。すると、門の向こうには見覚えのある赤いスポーツカーが停《と》まっていた。

「おせぇよ」

スマホを弄《いじ》る手を止め、不機嫌そうにそう言ったのは果涯だ。

「はいはい。すみませんー」

「お前、わかってんの？　俺はお前の用事にわざわざ付き合ってやってんだけど」

「……わかってる。護り手を引き受けてくれて、どうもありがとうございます」

この男に礼を言うのが癪《しゃく》で、つい不貞腐《ふてくさ》れたような口調になってしまう。

しかし、そんな礼でも、夜花に言わせたことで気をよくしたのか、果涯は「わかってりゃいいんだよ」とにやついた。大人げない、いやらしい男だ。

ともあれ、夜花は果涯と車に乗り込み、鶴《つる》の家へと向かった。

今回の訪問は、夜花の希望ではなく、鶴から「話がある」と連絡してきたのがきっかけである。夜花としては前回、鶴の前で涙ぐんでしまったのが気まずく、しばらくあの家に行くつもりはなかった。

だが、あれだけ夜花に無関心だった鶴のほうから呼び出してきたのだ。

ようやく建設的な話し合いができるのならと、夜花は気まずさを押して、重い腰を上げることにした。

夜花が助手席で道案内をし、まもなく、車は鶴の家に到着する。

「俺は適当に時間をつぶしてっから、さっさと行ってこい」

「わかった」

当主に似た気だるげな態度の果涯を残し、夜花はひとりで玄関の呼び鈴を押す。

前回は呼び鈴を何度押しても応答がなかった。今回ももしかして、と思いながら待っていると、ガラガラ、と音を立てて玄関の引き戸が内側から開く。

「入んな」

鶴は挨拶もなく顎をしゃくって、中へ入るよう夜花をうながした。

夜花が通されたのは居間ではなく、例の仏間だった。仏壇には祖父の写真、夜花の父母が並んで笑っている写真が置いてあり、あげられた線香が細い煙をたなびかせている。

いつもは座布団が一枚だけ敷いてあるのに、今日は二枚。閉じたままであることが多い障子も開けられ、電灯が点《つ》いていなくても明るい。

それだけで、今までとは印象ががらりと変わる。

鶴は座布団に腰を下ろすと、もう一枚の座布団の上に座るよう、夜花に目配せした。

警戒しつつ、夜花はわずかに座布団をずらして鶴から距離をとり、その上に腰を下ろす。

「あの得体の知れない小僧から話せって言われたんでね」

「え？」

「昔話さ。あたしはね、境ヶ淵の近くの村で生まれたんだ」

鶴は慎重に昔を思い出すように、どこか遠くへ視線を向けつつ、平板な口調で話し始めた。

「古臭い、ただの貧乏農家の次女さ。食うに困ることはなかったけど、贅沢《ぜいたく》ひとつできやしない。ろくな暮らしじゃなかった。でも、それを普通だと思ってたんだよ。だから、不満はそんなになかった」

「…………」

「けどね――あの夜、村も家も畑もみーんな、燃えちまった。あたしも身ひとつで焼け出されて、命からがら境ヶ淵に移ってね」

話を聞きながら、夜花はおや、と引っかかりを覚える。境ヶ淵近くの、燃えた村。最近どこかで聞いたような話だ。

「親父《おやじ》が死んだから、貧乏農家がもっと貧乏になった。おかあがせっせと働いて稼いだけど、子どもがあたしも含めて四人もいたんだ。貧乏なんてもんじゃない、極貧だよ。兄と姉は高校進学もあきらめてね、苦しい生活だった。でも、境ヶ淵には……社城がいた。金持ちで、神さまみたいになんでもできる家がね」

そのときの鶴の面持ちは、如何《いかん》とも形容しがたかった。憧憬、嫉妬、欲望。そして、懐古。それらが現れては消えていくようだった。

「社城は絶対だ。落ちず、揺らがず、そこにあり続ける盤石で、絶対の保障なのさ。あそこへ行けば、暮らしに困ることはない。あたしはずっと、その考えにすがって生きてきた。あんたもあそこへ行けば、少なくとも生活に困ることはないんだよ」

「…………」

夜花はなにも言えなかった。

鶴の身の上話など、初めて聞いた。極貧生活について詳しくは語られなかったが、母親ひとりに子どもが四人。現代であっても到底、楽な暮らしはできない。貧しくて、食うや食わずの日々であっただろうとは、想像がついた。

そんな貧しい生活の中、身近に煌《きら》びやかな一族がいたら。

当然、憧れ、妬み、あれが欲しいと望むだろう。あの一族の仲間入りすれば、自分も、自分の家族も、もう苦しい思いをせずに済むと誰だって思うはずだ。

「あんたは遠縁でも、社城の血を継いでる。才能さえあれば、生まれて死ぬまで一生、楽に暮らせるはずだった」

だんだんと、夜花にも鶴の考えが呑《の》みこめてくる。

「……おばあちゃんは、私に楽して生きてほしかったの？」

「楽に生きられるに越したことはないだろ。安定した生活ってのは、なによりも大事さ。人の性格や生き様さえ、それに左右されるんだから。孫に苦労させたくないのは、あたしだけじゃない、どこの婆《ばば》でも当たり前に思うことさね」

投げやりに近い空気を醸し出し、鶴は肩をすくめた。わかりづらいが、照れ隠しだろうか。たぶん、わざと開き直ってみせている。

（……なんだ、じゃあ）

同じではないか。鶴も不安定な子ども時代を送り、孫に同じ思いをさせまいと考えていた。

結局、孫の夜花も家や家族を失い、似たような境遇になってしまったが、鶴は、夜花を嫌っていたわけではないのだ。

「確かに、あんたの言うとおり、あたしも早くあっちへ行きたいと思うこともしょっちゅうある。あたしの身の回りのやつはだいたい皆、もうあっちへ行ってるからね」

あっち。あの世。社城家では、黄泉《よみ》と呼ばれている場所だ。鶴の親はもちろん、兄姉《きょうだい》、夫、息子、嫁——誰ひとり、この世には残っていない。そうなれば、皆のもとへ行きたいと願うのも無理からぬことかもしれない。

「でもね。あたしゃ、少なくともあんたの引き取り手がきちんと決まるまでは生きるつもりだよ。あんたみたいな、地に足のついてない孫をひとり置いていけるもんか」

鶴の嫌みっぽい口調は、今日も健在だ。けれど、夜花の感じかたはこれまでと比べて、わずかに変化していた。

夜花をひとり、置いていくつもりはない。少なくとも、夜花を託せる者が見つかるまでは。

鶴は確かに、そう言った。

完全に納得したわけではない。鶴の言葉に傷ついてきたのもまた事実であり、細かな傷はたまに夜花の胸をじくじくと痛ませる。

だが、鶴の真意はわかった。彼女がそう考えるに至った背景も、聞けば、理解できた。

（こんなに、簡単なことだったんだ）

二年も、自分たちはなにをしていたのだろう。馬鹿みたいだ。これでは、ろくに対話もできていなかったのがまるわかりである。

多少なりとも真面目に話し合っていれば、こじれることもなかったのに。

笑えてくる。

とはいえ、この晴れ晴れしい気持ちを、素直に鶴に見せるのはやはり癪だった。

今にも大声で笑いだしそうな衝動をなんとか抑え、夜花は神妙な表情を作ってみせる。

「おばあちゃんの考えてたことはわかった。……その上で言うけれど、私はこれから、社城家で生きていく」

「あたしゃ、反対しないよ。わかってるだろうが」

「うん。今後、私が社城家でどうなるかはわからない。おばあちゃんの望みどおり、社城の人と結婚するかもしれないし、そうじゃなくて、ひとりで生きていくかもしれない。でも、今は信じてみたいの。千歳くんのこと、彼のそばに私の居場所があるかもしれないこと」

夜花がまれびととして歩み始めた道は、まだただの可能性でしかない。芽すら出ていない、地中の種だ。

しかし、夜花はその可能性に賭けてみると決めた。

千歳のそばで、社城家で暮らし、術師見習いとして序列者たちの手伝いをする。その先に見えるであろうものに、夜花の欲しいものがあるのではないかと、信じてみようと思った。

真《ま》っ直《す》ぐに見つめる夜花の目を、鶴は見ない。だが、その口許《くちもと》はかすかに緩んでいる。

「好きにしな。あんたが社城家とかかわって、その上でなにを選択するかまではあたしゃ関知しない。できれば、あんたにゃ楽に、幸せに生きてほしいが、あたしにできることなんてほとんどないからね」

「うん」

「けどね、ここに帰ってくるのは自由だ。ひと休みする場所くらいは提供できる。ただし、出戻りなら御免だよ」

「……うん。わかった」

それから、ぽつり、ぽつり、と二人で会話を交わした。

急に会話が弾むなどということは無論なく、本当に、互いにひと言、ふた言口にしては黙る、の繰り返しで、どれもたいした話でもない。

その中で、夜花は先ほど引っかかったことを鶴に訊《き》いてみた。

「あのさ、おばあちゃんの出身の村のことなんだけど。もしかして、今は廃村になってる？」

「そうさね。村の誰も戻ってないらしいとは聞いてるよ。あたしも一度も戻っていない。全部そのまんま、廃村になったんじゃないかね」

「もしかして、村の名前は──『酒坏村《さかづきむら》』？」

夜花がその名を告げた途端、鶴の顔が驚愕《きょうがく》に染まる。次いで、明らかな動揺が鶴を覆っていった。

「あんた……どうして、その名前を」

「実は社城家でかかわった案件で聞いたの。境ヶ淵の近くで、燃えて廃村になった場所なんてそんなにいくつもあるわけないし。そうかなって」

村の名前は、動画内で配信者のマサと今井が盛んに口にしていたから、嫌でも覚えた。

これから、夜花たちが調べなくてはならない村の名だ。

「……そうかい……これも、なにかの縁かねぇ」

「私たち、これからたぶん酒坏村について調べなくちゃいけないの。知っていることがあるなら、またあらためていろいろ訊きたいんだけど、いい？」

これほど近くに関係者がいたのは正直、ありがたい。協力してもらえれば、調査の手間が幾分、減るはずだ。

期待を込めて夜花が訊《たず》ねると、鶴はため息を吐く。

「いいよ。あたしも八歳までしかいなかったから、たいして詳しいことはわからないけどね」

「ありがと」

さてと、と夜花は腰を上げた。

あまり長居をして果涯を待たせるわけにもいかない。彼とて、これから夜花たちとともに村と匣《はこ》の調査をしなければならないし、回収した呪物の処分作業も残っているのだから。

「じゃあ私、行くね」

「夜花。……しっかりやるんだよ」

「うん」

今はまだ、ぎこちない会話。けれど、これからはきっと変わる。そんな予感がしていた。

屋敷《やしき》に戻ってきた夜花は、買ってきた昼食の入ったコンビニの袋を手に提げ、上機嫌に門をくぐる。

祖母の件でひとつ、憂いは取り除かれた。根本的な解決というにはまだ遠いかもしれないけれど、ずっと気にしていたから、心が前よりずっと軽くなった。

「呑気《のんき》だな、お気楽なやつはこれだから」

背後で果涯がぶつぶつ不平を漏らしていても、気にならない。

お気楽で結構。おかげさまで、今までにないくらい清々《すがすが》しい気分である。

と、前方に人影が見えた。その矢先、果涯の舌打ちが聞こえてくる。

「……くそ、兄貴かよ」

前方に見える人影の主は、よく見ると彼の言うとおり、瑞李と晴だった。

白と淡い青の紗《しゃ》の薄物に身を包み、品よく佇《たたず》む晴と、彼女のかたわらに寄り添うように立つ瑞李は、屋敷の雰囲気と相まって一枚の絵のようだ。

夜花は己を顧みて、あまりの格差に少しがっかりする。

シンプルなワンピースにレギンス、サンダル姿の自分は、晴と比べたらだいぶ見劣りするだろう。

「おい、行くぞ」

不機嫌そうに眉をひそめつつ、ずんずんと先に歩いていく果涯のあとを、夜花は慌ててついていく。

果涯がすれ違いざまに瑞李に摑《つか》みかかったりしないかとハラハラしたものの、むしろ果涯は無視を決め込んでいるらしい。なにも言わず、大股で瑞李と晴の横を通り過ぎる。

しかし、果涯の視線が冷たく兄を睨《にら》んだのを、夜花は見逃さなかった。

そして……夜花自身も。

一瞬、晴と視線が交差する。こちらを見る晴のまなざしには、昏《くら》い光が灯《とも》っていた。

（小澄《こすみ》さん……）

一昨日の一件以来、晴とは言葉を交わしていない。

たぶん、夜花が晴に言ったことが原因だろうが、避けられていると感じる。漠然と、しかし確かに、晴との間には溝が生まれてしまった。

これから嫌なことを言う、と前置きすればなにを言ってもいい——そんなふうには思っていなかったし、晴に嫌われるのも覚悟はしていた。だが、あんなふうに彼女の傷を抉《えぐ》らずともよかったのではないかと、少し、後悔もしている。

たとえ、のちにまれびととして、その座を争うことになったとしても。

「ねえ、果涯」

「呼び捨てかよ。……なんだ」

一歩半くらい先をゆく果涯の背に呼びかけると、呆《あき》れたような声が返ってくる。

「今日からあなたも、坂木陣営ね」

「は!?　なんだよ、坂木陣営って！」

足を止め、ぎょっとして振り返ってきた果涯に、夜花はにっこり笑いかける。

「小澄さんの陣営に対して、私の陣営。メンバーは私と千歳くんと、果涯。あとはサポートで松さん。……の、計四人」

「少な！　しかも戦力がゴミじゃねぇか」

「じゃあ、小澄陣営に行く？　あっちは主要メンバーにお兄さんがいるけど……」

「どっちにも入んねーよ、くそが」

あからさまに盛大に顔をしかめて、吐き捨てる果涯。彼の兄嫌いは相当なようだ。

口も態度も悪いが、それでも、離れまで律儀に夜花を送ってくれる果涯は、貴重な戦力としてぜひともメンバーに引き入れたいところである。

（できれば、そんなにバチバチいがみ合いたいわけじゃないんだけど……）

夜花はちらりと、後ろを見遣《みや》る。晴と瑞李の後ろ姿が、少し離れたところにあった。

まれびとは長く生きられない。かつ、常に狙われ続ける存在だというのなら、やはりどちらかを生かすために、どちらかを捨て駒に、という状況になる可能性も捨てきれない。

まれびとに迫る危険を身をもって知った今は、余計に。

負けられない。

勝って、夜花は夜花の居場所を手に入れ、晴のことも決して見捨てはしない。全員が幸せになれる道を探す。

夜花は真っ直ぐ前を見て、果涯のあとを追った。

◇◆◇

どこかで、どん、どん、と大きな音が鳴っている。

二十時を回ったくらいから鳴り始めたその音は、花火の上がったときのもの。今夜は、境ヶ淵の駅前からほど近い川辺で毎年行われている、花火大会であるらしい。

(忘れてたなぁ……)

夜花は千歳の看病の合間に窓辺でその音を聞きながら、ぼんやりとそんなことを思う。

まだ父が生きていた頃に家族三人で花火を見に行った記憶はあるが、幼かったのでどうにも朧《おぼろ》げだ。父が亡くなってからは、母もフルタイムで働いていて忙しそうだったし、わざわざ花火大会などの行事に参加することもなかった。

祖母の家に移り住んでからは、言わずもがな。

そういうわけなので、縁が薄く、花火大会のことなどまったく覚えていなかった。今さら、残念という気分にもならないが。

（あ、じゃあ……小澄さんたちが出かけたのは）

昼に行き合ったあの二人は、きっと花火を見に行ったのだろう。

どん、どん、と断続的に、まだ花火の音が聞こえている。

「夜花」

呼ばれて視線を巡らせる。いつの間にか、千歳が布団から上体を起こしてこちらを見ていた。

真っ直ぐな黒い長髪がひと房、寝巻きの浴衣の肩口をするりと滑って流れ落ちる。

「千歳くん……？」

「こっち」

布団から抜け出た千歳はそう言って、部屋を出ると、出入り口で夜花に向かって手招きをする。

「千歳くん、寝てなくて大丈夫なの？」

夜花は誘われるまま、千歳に近づき、問う。千歳はあっけらかんとして笑う。

「大丈夫。さすがにもう熱は下がったし。……それより、ほら」

離れの二階、南側の窓の左のほう。千歳にうながされて、開け放たれた窓を覗《のぞ》き込んだ夜花は、思わず「わあ」と声を上げる。

そこからは、広がる駅前の夜景の中に、遠く、小さくではあるものの、花火が見えた。

赤、黄、緑、青。どん、どん、という音とともに、夜空に光の花が開く。

「ここから見えるんだ」

「この方角は山とか、遮るものがないからね。一階は角度が足りなくて見えないけど」

「へえ……」

「母屋の連中には真似《まね》できない、この離れの住人だけの特権」

いたずらに成功した子どものように、にやり、と千歳が口角を上げる。

しばらく、二人で並んで夜景と花火を眺めた。

こうして夜に二人でいると、思い出すのは千歳の秘密を知った、あの暁のこと。

「ねえ、千歳くん」

「んー？」

「千歳くんが私によくしてくれるのは、なにか理由があるからなんでしょ？」

なにげなさを装って、訊ねてみる。問われた千歳は、微塵《みじん》も動揺せず、未《いま》だ薄《うっす》らと笑みを浮かべている。

「誰かに、なにか言われた？」

「うーん。果涯には、気をつけろって言われた。けど、それはただのきっかけで……」

本当は、初めから心のどこかで疑ってはいたのだ。

千歳自身のことは、自分の味方であると信じると決めた。だから、疑問に思っていたのはそこではなくて、「なぜ、千歳は夜花の味方になってくれたのか」だ。

「私は最初、見鬼しかない、まれびととしてはたぶん、落ちこぼれの部類だったでしょ？なのに、千歳くんはあそこまで手厚く世話を焼いてくれた。なにか、理由があるんじゃないかなって」

「…………」

「果涯は、私を利用して千歳くんが序列入りしようとしてるって言ってたけど、私はそうは思ってない。だって、千歳くんは長く生きてるから、そもそも継承戦に参加できないし、序列にも入らない。違う？」

「正解」

あっはは、と可笑《おか》しそうに笑って、千歳が答える。

「やっぱり。でも、そうすると、千歳くんが私を大事にする理由がわからないの」

夜花は隣の千歳を、じっと見つめた。

「──どうして？」

あらためて訊《たず》ねた夜花を、千歳は見なかった。彼の顔から笑みが滲《にじ》んで、薄くなって、消えた。

「──利用しようと思ったから」

窓に背を向けた千歳の双眸《そうぼう》は、ぼうっと光の差さない、二階の廊下の暗がりを見つめている。

「利用？」

「夜花……あんたはたぶん、大器晩成型のまれびとだと思った。能力が強すぎて、いっぺんには発現しないタイプのまれびとだって」

「大器晩成……私が？　まさか」

「最初から、あんたからは並々ならぬ潜在的なまれびとの気配を感じてた。俺が五百年以上生きてきて、会ったことがないくらいの。あんたは、俺がずっと待っていたまれびとで──あんたなら、俺にかけられた祝福、いや、呪いを解けるんじゃないかと」

夜花は目を瞠《みは》った。

「あんたは居場所を求めていたから、懐柔するのは楽だって……正直、思ってた」

千歳の懺悔《ざんげ》にも似た告白は、ショックでないといえば嘘《うそ》になる。けれど、ようやく得心したのも間違いなかった。

夜花を利用したかったから、一緒にいると言った。信用しろと、守ると。

不思議と、嫌な気持ちにはならなかった。納得感のほうが強かったし、それ以上に、千歳の今の表情を見れば、彼が夜花に対して罪悪感を持っていること、彼の中にはもう、利用したいという思惑だけではないなにかが芽生えていることも、わかったからだ。

気づけば、身体《からだ》が自然と動いていた。

夜花は腕を伸ばして、千歳を後ろから抱きしめる。

「夜花……？」

「そんなに、申し訳なさそうな顔をしなくていいよ。私、怒らないし。千歳くんは知らないでしょ。安心して帰れる場所があって、当たり前に一緒に暮らしてくれる人がいることが、どれだけうれしいか」

どこもよその家みたいで、息苦しくも虚《むな》しくて。自分がいていい場所などないような、そんなひとりぼっちの生活が何十年もずっと続くのだと、心のどこかで絶望して。

でも。

「私はちょろいから、心配しなくていい、ここを居場所にしていいよって言われたら、それだけでうれしくて……本当は理由だって、どうでもよかったの」

「夜花」

千歳は夜花の腕からするりと抜け出して、反対に、夜花を抱きしめる。彼の肩口に顔を埋めると、ほのかに白檀《びゃくだん》みたいな、大人の香りがした。

それに、速いペースで脈打つ心臓の音も響いてくる。

「ごめん。あんたの孤独に付け入ろうとした」

「いいよ」

「今は夜花に傷ついてほしくない、いなくなってほしくないって思ってる。ごめん、都合いいことばっか言って。でも、俺……こんなだけど、夜花を守りたい気持ちは本物だから、だから」

「うん。いいよ。私はそれだけで、十分だよ」

わかってるから。口で言う代わりに、夜花は千歳の背に回した腕に、力を込めた。

エピローグ　終わりの始まりを眺める時

　ここに来るのは、久しぶりだ。

　天も地も、空も水面《みなも》も藍色に染まった、たとえるならば『静謐《せいひつ》』を具現化したような空間。かたわらには、淡く紫の光を放つ大樹が立っている。

　千歳《ちとせ》は大樹の幹に触れようと手をかざし、けれど、触れることはできない。

　足の裏に地を踏みしめる感覚もなく、ただ茫洋《ぼうよう》と広がる藍の空間を、眺めることしかできなかった。

　己の手を見下ろす。その手のひらは大きく、皮膚も厚い。成人男性のものだった。

　意識だけがこの空間に飛ばされてきている。そう直感する。

　異境と人境《じんきょう》のあわい。神秘に覆われた異境と、人が支配する人境とが交わる場所。ひどく曖昧で、ほとんどすべてが幻でできているような、そんな場所だ。

「前にここに呼ばれたのは、いつだったかな。――なあ」

　千歳は目の前に佇《たたず》む青年の名を口にする。

人形か、あるいは機械のように表情を動かさず、青年はただそこにあるだけ。名を呼ばれたとて、ゆっくりと瞬きをするのみである。

「あんた、いい加減にしろよ」

この場に呼ばれたと悟った瞬間、千歳の胸に湧きあがったのは怒りだった。

知っている。まれびとは皆この空間で、この青年から異境のものを口にするか否か、選択を迫られる。夜花《よはな》も晴《はれ》も、今までのあらゆるまれびとたちも。

つまり、まれびとという危うい存在が生まれてしまう原因は、目の前の青年にあるということだ。

「なぜ、まれびとが必要なのか……夜花みたいな少女を巻き込むのか、確固たる理由があるなら言ってみてくれないか」

「……選択をするのは、彼女たちだ」

「彼女たちが選択する前に、選択肢を用意するのはあんただ」

千歳が食い気味に返そうと、やはり青年は動揺ひとつしない。ただ淡々と、機械音声のごとく揺らがない声で答える。

「ほんの一滴でも異境の者の血が混ざっていれば、人はこのあわいに迷いこむ可能性を持つ。それは、こちらにはどうしようもないこと。迷いこんできた者には、例外なく選択肢を与える。理由などない」

ただ、と青年は珍しく自分から、言葉を付け足した。

「小澄《こすみ》晴。彼女はこのあわいに迷いこむ条件は揃《そろ》っていたけれど、本来なら生涯、この地に足を踏み入れる巡りあわせにはなかった」

「え？」

「坂木《さかき》夜花――彼女に巻き込まれたのが、小澄晴ということ。坂木夜花の、異境との縁《えにし》が強すぎるゆえ」

まさか、という思いと、やはり、という思いが、千歳の中で混在していた。

そもそも、まれびとが同時に二人現れること自体、異例中の異例だ。であれば、どちらかが手違いでまれびとになってしまった結果だとしても不思議はない。

「なるほどね。ひとつ訊《き》くけど……夜花は、夜花のまれびととしての力は、俺の呪いを解けるか？」

「月神の心ひとつだ」

まるで役に立たない返答だった。千歳は呆《あき》れ交じりに肩をすくめる。元より、まともな返事は期待していなかったが。

この青年もまた神だ。神と真剣にコミュニケーションをとろうとするほうが間違っている。こうしてある程度の意思疎通ができたのも奇跡に近い。

とどのつまり、神は人の心になど興味はないのだ。ただそこにあるだけで、彼らは彼らの法則や感情を一方的に人に押しつけ、その行く末には関知しない。

「帰るわ」

もうここには用はない。千歳は踵《きびす》を返した。

背後から声が聞こえた。

「ここから、見ている。社城《やしろ》千歳、君の人生が終わるときまで」

「そりゃ、どうも。何百年後になるかわからないけど」

振り返らず、ひらひらと片手を振って、千歳はなにもない藍色の世界を歩き出す。急速に、意識が上へと引っ張り上げられる感覚があった。

どっと感じる、生身の肉体の重さ。

目を覚ますと、視界いっぱいに見慣れた離れの自室の天井が映る。のそのそと上体を起こせば、昨日までの全身の倦怠《けんたい》感や痛みはだいだい消えていた。

(ふう。なんとか今日からいつもどおりに動けそうか)

二日寝込むだけで済んでよかった。千歳は胸を撫《な》で下ろしてから、さっそく身支度にとりかかる。すると、誰かが扉をノックした。

「千歳くん、起きてる？」

聞こえてきたのは、夜花の声だった。

「起きてるよ。どうぞ」

「失礼しまーす」

制服に着替えた夜花が、ひょっこりとこちらをのぞいた。あの夜、運命的に出会った彼女は、可憐《かれん》なかんばせを柔らかくほころばせる。

「よかった。学校、行けそうなんだね」

「うん。いつまでも果涯《かがい》にあんたの護《まも》り手を任せとくわけにはいかないしね」

千歳は夜花の手を摑《つか》み、自分のほうへ引き寄せた。

「わっ……千歳く、ん!?」

引き寄せた夜花の額に、軽く口づける。夜花はなにをされたのかわかっていないようで、「え？　え？」と混乱している。

「あんたが誰にもとられないように、印をつけといた」

半分、冗談。けれど、半分は本気。にやりと笑って言った千歳は、部屋を出た。夜花の頰がじわじわと赤く染まっていく。

「ち、ちょっと、千歳くん！」

真っ赤になって憤る夜花は、かわいい。そう思いながら、千歳は上機嫌に階下へ向かった。

あとがき

皆さま、こんにちは。珍妙ペンネーム後悔系作家の顎木《あぎとぎ》あくみです。初めましての方は「いったいなんのこっちゃ」な感じだと思いますが、これは「珍妙なペンネームでデビューして後悔しているよ！」という私のいつもの意思表示ですので、どうぞお気になさらず……。

この度は『宵を待つ月の物語 一』をお手にとっていただき、ありがとうございます。今作は長らく待ち望み、ようやく書けた現代が舞台のファンタジー作品となります。ぜひ、お楽しみいただければ幸いです。

本書を刊行するにあたり、絶望的な執筆状況で支えてくださった担当編集さま、お忙しい中、素晴らしいイラストを手掛けてくださった左《ひだり》先生に、心から感謝申し上げます。

また、応援してくださる読者の皆さま。いつもありがとうございます。今回も楽しいひと時をお届けできていればいいいな、と切に願っております。ではまた、次巻で。

顎木あくみ

お便りはこちらまで

〒一〇二―八一七七
富士見L文庫編集部　気付
顎木あくみ（様）宛
左（様）宛

本書は、カクヨムネクストに連載された「宵を待つ月の物語　一」を加筆修正したものです。

富士見L文庫

宵《よい》を待《ま》つ月《つき》の物語《ものがたり》　一

顎木《あぎとぎ》あくみ

2024年11月15日　初版発行

発行者　山下直久
発　行　株式会社 KADOKAWA
〒102-8177　東京都千代田区富士見2-13-3
電話　0570-002-301（ナビダイヤル）

印刷所　株式会社暁印刷
製本所　本間製本株式会社
装丁者　西村弘美

定価はカバーに表示してあります。　◇◇◇

●お問い合わせ
https://www.kadokawa.co.jp/（「お問い合わせ」へお進みください）
※内容によっては、お答えできない場合があります。
※サポートは日本国内のみとさせていただきます。
※ Japanese text only

ISBN 978-4-04-075602-8 C0193